NIKOLAJ GEORGIEVIČ
GARIN-MIHAJLOVSKIJ

CONTES CORÉENS

ILLUSTRÉS PAR JU-PÉON

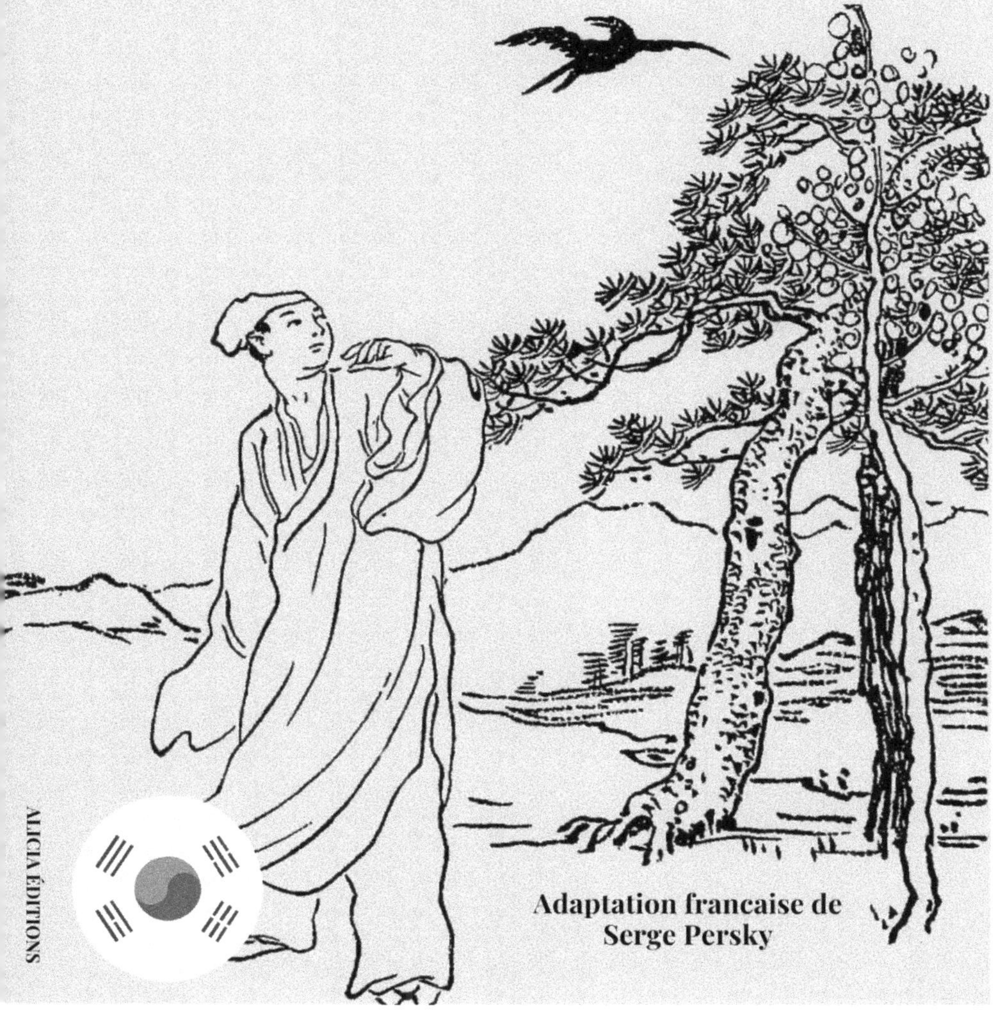

Adaptation francaise de
Serge Persky

ALICIA ÉDITIONS

Table des matières

Préface	5
LE HUIT-FOIS MALHEUREUX	9
LE DEVIN	14
SIM-TCHEN	17
CONFUCIUS	23
L'ARTISTE	25
NI-MOUÉÏ	28
KO ET KILI-SI	31
NEN-MOÏ	36
TCHAPOGUI	41
LA SCOLOPENDRE	44
L'ONCLE	48
NIAN ET TORI-SI	51
LES CHATS	54
VOLMAÏ	59
UN AMI INDIGNE	65
LE LANGAGE DES OISEAUX	70
LES ORPHELINS	72
LES DEUX PIERRES	75
LA FEMME DE L'ESCLAVE	77
LE SERMENT	80

Préface

La Corée, presqu'île montagneuse, que les Chinois, appellent Kaoli, s'allonge entre la mer du Japon et la mer Jaune. Elle compte 7 millions d'habitants.

De vastes forêts de chênes, d'ormes, de châtaigniers, de conifères recouvrent plaines et hauteurs ; on y rencontre des tigres, des ours, des sangliers, des renards, des cerfs ; les reptiles abondent, et parmi eux, le terrible trigonocéphale. Les principales cultures sont le riz, le maïs, le millet, le cotonnier, le ginseng, plante médicinale. La presqu'île éprouve les rigueurs du froid et les rigueurs de la chaleur. Le sol, très fertile sur les côtes, renferme de la houille, de l'or, de précieux minerais, et cette richesse explique bien des convoitises.

Le royaume relevait de la Chine, depuis 1120 ; mais le roi, dont l'autorité était absolue, gardait son indépendance pour l'administration intérieure de ses États. Le pays est devenu colonie japonaise en 1910.

Les Coréens appartiennent à la famille mongole ; leur race et leur langage tiennent le milieu entre les Chinois et les Japonais. Bons marins, habiles pêcheurs, ils professent la religion bouddhique.

Des murailles crénelées entourent les villes ; les rues, même dans les villages, sont bordées de murs en pisé, en bambou, et derrière ces abris se cachent les habitations, lesquelles, le plus souvent, ne se composent que d'une seule pièce au toit de chaume.

Les Coréens sont fiers de leur belle chevelure, épaisse et longue ; ils y tiennent à tel point qu'ils ont soutenu, pour le droit de la porter, de désastreuses guerres contre le gouvernement de Pékin.

Leur costume se rapproche de celui des Chinois, mais il est blanc. Les Russes, leurs voisins aux confins de la Sibérie, appellent les Coréens *Cygnes blancs*, en considération de leur timidité et de la couleur habituelle de leurs vêtements.

« Ce sont, pour la plupart, dit l'Américain Whiteley qui les a étudiés de près, ce sont des enfants merveilleux, non encore sortis de la période légendaire ».

~

Ces contes furent recueillis et publiés en russe et en chinois par un ingénieur bien connu, M. Garine, au cours de ses séjours prolongés en Corée.

Voici quelques lignes de son introduction :

« Vingt ou trente Coréens, aux mantelets de dame, aux chapeaux à larges bords, à coiffe haute et étroite, nous entouraient, assis à croupeton. Sur la prière de l'un de nous, le meilleur barde de l'assistance se mettait à conter, tandis que les autres fumaient leurs fines pipes et écoutaient avec attention.

« Mon ami, un Coréen nommé Kim, instituteur de profession, m'accompagnait, et nous notions les récits, rapidement, phrase par phrase, en nous efforçant de conserver leur saveur et leur simplicité.

« J'écoutais ces contes, tantôt le soir, après un dîner hospitalier, tantôt lorsque nous nous reposions sur une éminence, d'où nos regards pouvaient embrasser le vaste panorama des plaines et des montagnes, d'un délicat dessin automnal qui rappelle celui des vieux tapis persans.

« En gerbes de rayons violets et orangés, le jaune soleil d'Orient se couchait dans toute sa majesté. Après avoir étincelé de mille flammes, il s'éteignait et mourait dans les pâleurs crépusculaires. À ce moment-là, les êtres rassemblés autour de nous, et les paysages, semblaient participer d'une époque fabuleuse. »

Ces contes si joliment illustrés par l'artiste chinois M. Ju-Péon sont d'une originalité extrême. On ne pourrait les comparer à ceux de Charles Perrault. Les récits de notre admirable conteur français portent la marque obsédante du XVIIe siècle ; les fantastiques événements se déroulent sous Louis XIV, et il a fallu les subtils efforts de l'érudition moderne pour les sortir de cette atmosphère et dégager la pensée lointaine dont ils émanent.

Ici, nous sommes en Corée, dans la Corée millénaire ; nous retrouvons sa morale, ses croyances, ses mœurs, son instinctif désir de justice. Le dieu du ciel, le grand Okonchanté, intervient fréquemment pour protéger les honnêtes gens. Son influence, même quand il n'est pas nommé, se devine partout ; elle se révèle par des incidents secondaires qui, dans le déroulement du drame, prennent une valeur, et contribuent à sauver le héros ou l'héroïne.

L'autorité paternelle est absolue, image de celle du Roi, mais si le père abuse de ses droits, il est châtié. Au-dessus des lois les plus respectées, trône la Loi Éternelle. Ce sentiment d'une justice supérieure se retrouve chez tous les peuples ; on connaît la pièce splendide de Sophocle où la pieuse Antigone se dévoue pour rendre à son frère Polynice les honneurs de la sépulture. Elle désobéit aux ordres du farouche Créon, qui veut que le cadavre soit abandonné, et elle ose dire au tyran que la loi divine est au-dessus des lois édictées par un Maître.

La morale et la sagesse universelles rayonnent en ces contes coréens ; assurément, l'obscurcissent parfois les croyances et les usages particuliers à ces peuples mongols.

Par leur fantaisie et leur imprévu, ils charmeront les enfants ; les hommes faits les liront avec intérêt ; quant aux savants, ils les considéreront comme des documents précieux, d'une antiquité prodigieuse ; ils étudieront le sens allégorique de certains incidents, parfois les moindres en apparence, de certains acteurs, bêtes ou gens, qui leur révéleront quelques-uns des sentiments de l'humanité primitive.

Serge Persky.

LE HUIT-FOIS MALHEUREUX

I

Un homme peut connaître huit sortes de bonheurs : posséder un tombeau assez vaste pour y ensevelir ses ancêtres, avoir une bonne épouse, vivre longuement, se voir père de nombreux enfants, récolter le grain en abondance, posséder de grandes richesses, être aimé de nombreux frères, être savant. Mais il est des hommes qui ne jouissent jamais d'aucun de ces bonheurs. On les appelle les Huit-fois malheureux, les *Pkhar-ke-bogui*.

Minoran-Doui était un de ceux-là. Sa famille même l'avait abandonné. Cependant il arriva que Minoran fit la rencontre, un jour, d'une fille jeune et jolie appelée Diou-Si ; il l'aima et il en fut aimé. Mais les Huit-fois malheureux ne peuvent se soustraire à leur sort, et Diou-Si paya cher sa rencontre avec Minoran : ses affaires périclitèrent, son bétail dépérit, ses champs refusèrent toute récolte.

Un matin, au réveil, Diou-Si ne trouva plus auprès d'elle son bien-aimé. Minoran lui annonçait, dans une lettre, qu'il avait décidé de la quitter, bien qu'il la chérît de toutes les forces de son âme, parce qu'il ne pouvait rien lui offrir, rien sinon le malheur.

Après avoir lu cette lettre, Diou-Si pleura amèrement, car elle aimait

Minoran plus que tout au monde. Elle prit ses biens en haine, elle les distribua aux pauvres et s'en alla loin des lieux où elle avait vécu.

Elle pleurait en traversant la plaine, et songeait : « Si j'avais assez de pain pour en donner à tous les affamés, assez d'argent pour en distribuer à tous ceux qui sont dans le besoin, il n'y aurait plus de misère sur la terre. »

Et tandis qu'elle rêvait ainsi, elle vit soudain paraître devant elle un beau et robuste jeune homme couronné de fleurs et d'épis, monté sur un taureau. Il arrêta sa monture et dit à Diou-Si :

« Aime-moi ! sois ma femme !

— J'aime un Huit-fois malheureux, répondit Diou-Si. Je ne saurais aimer un autre que lui. Mais, si tu le veux, nous deviendrons frère et sœur. »

Il arrêta sa monture et dit « Aime-moi ! sois ma femme ! »

Et ils fraternisèrent, selon la coutume de leur pays. Ils se firent une légère blessure au doigt et, avec le sang qui en coulait, ils écrivirent chacun leur nom au bas de leur robe. Puis ils déchirèrent le morceau d'étoffe qui portait cette inscription et se l'offrirent l'un à l'autre. Quand ils l'eurent caché dans leur sein, ils se séparèrent.

Harassée de fatigue, Diou-Si entra dans un champ pour se reposer. Elle se coucha sur le sol et s'endormit. Un vieillard, dont le visage et les cheveux étaient blancs comme l'argent, lui apparut en rêve et lui dit : « Je suis le jeune homme monté sur un taureau que tu as rencontré et avec lequel tu as fraternisé. Je suis l'Esprit de la plaine. Je connais ton désir. Prends ce sac de riz. Quelle que soit la quantité de riz que tu en sortes, il ne se videra jamais. » Il dit et disparut. Et Diou-Si se réveilla.

Elle prit le petit sac déposé à son côté et poursuivit sa route.

Au bout de la plaine, s'élevait une montagne, elle commença à la gravir. Une épaisse forêt en couvrait le sommet, et, au milieu de cette forêt, se trouvait une hutte. Assis devant un foyer, un jeune et beau bûcheron surveillait un chaudron où bouillait de l'eau.

« Que mettras-tu dans cette eau ? demanda Diou-Si, après avoir salué le jeune homme.

— Je ne puis rien y mettre répondit celui-ci, car je n'ai ni riz ni millet. »

Alors Diou-Si pénétra dans la cabane et sortit du sac un grain de riz qu'elle jeta dans la marmite.

Aussitôt, la marmite se remplit de riz ; Diou-Si et le bûcheron en mangèrent à satiété.

« Aime-moi, et nous serons mari et femme, lui dit son compagnon.

— Je ne puis pas t'aimer, répondit Diou-Si. J'aime mon mari, un Huit-fois malheureux ; mais, si tu veux, je serai ta sœur. »

Le bûcheron accepta l'offre et ils fraternisèrent.

Bientôt la nuit tomba et Diou-Si s'endormit profondément.

Le vieillard, au visage et aux cheveux blancs comme l'argent, et monté sur un taureau, lui apparut de nouveau en rêve.

Quand Diou-Si se réveilla, elle ne vit plus de hutte, elle ne vit plus de bûcheron, mais, auprès d'elle, elle vit plusieurs lingots d'or.

« Grâce à cet or, s'écria Diou-Si, je vais pouvoir bâtir en ce lieu une ville entière. De toutes parts viendront à moi ceux qui ont faim et, dans leur foule, je rencontrerai peut-être mon Huit-fois malheureux ! »

Elle fit comme elle avait dit. Tous les pauvres, tous les affamés, tous les miséreux accoururent dans la ville qu'elle avait fondée. Son espoir fut réalisé. Un jour, elle vit arriver son mari, Minoran.

Quand elle l'aperçut, elle s'élança vers lui et lui reprocha tendrement de l'avoir abandonnée. Puis elle lui fit jurer qu'il ne la quitterait plus jamais. Minoran et Diou-Si vécurent des jours heureux, donnant à manger et à boire à tous ceux qui imploraient leur pitié.

II

Or il arriva que Diou-Si un jour manqua de monnaie. Il fallait sans tarder se rendre à la ville voisine pour y changer de l'or. En lui remettant un lingot, Diou-Si pria son mari d'en détacher un très grand nombre de minimes parcelles qu'il échangerait contre de la monnaie de cuivre, afin, lui dit-elle, « que tu ne sois pas obligé de te rendre souvent à la ville et de me laisser seule ».

Le Huit-fois malheureux plaça l'or sur son âne et se mit en route. Il devait traverser en chemin un ruisseau d'ordinaire peu large et sans profondeur, mais qu'une pluie torrentielle venait de grossir démesurément. En le traversant, l'âne et la charge y tombèrent.

« Non ! s'écria le Huit-fois malheureux dans un accès de désespoir. Je ne puis continuer à mener une existence aussi malchanceuse. J'ai déjà rendu ma femme trop malheureuse. Si je ne puis retrouver son or, je renonce à la vie. »

Il se jeta à l'eau, plongea et se noya. Longtemps, Diou-Si attendit Minoran ; enfin, anxieuse, perdant patience, elle se mit elle-même à sa recherche.

Quand elle atteignit le ruisseau, — redevenu mince filet d'eau, — elle aperçut sur le bord le lingot d'or et le cadavre de son mari. Rien ne put apaiser sa douleur. Elle pleura, pleura son Huit-fois malheureux et, avec lui, tous les Huit-fois malheureux de la terre.

Puis, ses forces la trahissant, elle s'assit et mourut en pleurant. On appela *ruisseau des pleurs* le ruisseau qu'alimentèrent ses larmes.

Un marchand qui se rendait en ville pour ses affaires se trompa de route et arriva juste à l'endroit où gisait la pauvre Diou-Si. Apercevant une femme, il descendit de cheval et passa à pied devant elle, en signe de respect, selon la coutume de son pays. Il remarqua que la femme était sans mouvement. Il s'approcha, puis, après s'être assuré qu'elle était morte, il creusa une fosse et l'enterra. Il retrouva bientôt le bon chemin, arriva sans encombre à la ville et termina toutes ses affaires à son avantage. Attribuant sa chance à la rencontre de la femme qu'il avait enfouie, il repassa devant la fosse de Diou-Si, à son retour, et dit une prière pour le repos de son âme. Rentré chez lui, il fit part à ses proches et à ses amis de la rencontre qu'il avait faite et de la réussite inespérée de ses affaires. D'autres marchands allèrent à leur tour rendre visite à la tombe de Diou-Si et prier pour elle en se rendant en ville pour leurs affaires. Et ils eurent également de la chance. Des négociants d'autres localités, ayant appris ce prodige, les imitèrent et furent également favorisés.

Un jour, un pauvre hère arriva par hasard à la tombe de Diou-Si. Après avoir amèrement déploré sa misère, il s'endormit près du tombeau. Une belle jeune femme vêtue de blanc lui apparut en rêve, pleura avec lui, et murmura des mots consolateurs :

« Bois de l'eau de ce ruisseau : elle est pure, car elle a pour source des larmes versées sur les malheureux. Quand tu auras bu, ta propre infortune sera soulagée, et tu aimeras les malheureux comme les a aimés celle dont les pleurs ont formé ce ruisseau. »

Bien des infortunés vinrent à la tombe de Diou-Si, dont la réputation s'étendit au loin.

Conformément aux lois du pays, on plaça sur le tombeau un monument avec cette inscription : « À la femme bienfaisante. »

Sa célébrité grandira, grandira toujours, car celle qui dort dans ce tombeau aimait les déshérités et leur nombre, hélas ! ne fait que s'accroître sur la terre.

LE DEVIN

Il y avait une fois deux camarades : Tori (la pierre) et Toutebi (le crapaud). C'est ainsi qu'on les appelait dans leur enfance.

Toutebi était issu d'une riche famille ; Tori était l'enfant de pauvres gens.

Toutebi était intelligent, Tori peu actif et d'esprit lent.

Souvent Toutebi taquinait Tori, mais il l'aimait néanmoins. Quand ils eurent tous deux terminé leurs études, Toutebi dit à Tori :

« Qu'importe que tu sois d'humble origine ! Je t'aiderai à faire ton chemin. »

Voici ce qu'il fit.

Un jour que son père était sorti pour faire des visites, Toutebi lui cacha son sabre préféré.

Lorsque le père rentra et s'aperçut de la disparition de son sabre, il battit son entourage, mais Toutebi lui dit :

« Ne sois pas chagriné, père. J'ai un camarade nommé Tori qui est doué d'une faculté de divination extraordinaire. »

Toutebi se rendit chez Tori, il lui répéta ce qu'il venait de dire à son père, et lui indiqua l'endroit où le sabre était caché.

Sur une branche, un oiseau chanta.

Le père de Toutebi fit venir Tori et lui demanda :
« Peux-tu deviner où est mon sabre » ?
Tori répondit : « Oui ! »
Et il désigna la cachette.
Le père de Toutebi lui remit une forte somme d'argent et lui promit sa protection.
Peu de temps après, le sceau de l'empereur de Chine disparut et celui-ci écrivit au roi de Corée pour lui demander de lui envoyer son devin, s'il en avait un.
Le père de Toutebi parla de Tori à son souverain.
« Il faut d'abord le mettre à l'épreuve », dit le roi de Corée.

Lorsque Tori eut été amené devant lui, le monarque lui demanda en désignant un coffret fermé :

« Devine ce qu'il a là-dedans !

— Oh ! Toutebi ! soupira Tori d'un ton de reproche.

— Tu dis juste. C'est bien un crapaud, répondit le roi. Et il montra aux personnes présentes le crapaud enfermé dans le coffret.

— Tu es l'homme qu'il nous faut », ajouta le souverain. Et il ordonna à Tori de se rendre auprès de l'empereur de Chine.

« Cette fois je suis perdu, pensa Tori en chemin. L'empereur de Chine me fera trancher la tête. Ah ! Toutebi ! tu m'as rendu un singulier service » !

Arrivé non loin de Pékin[1], Tori s'assit sous un arbre pour se reposer.

Sur une branche, un oiseau chanta : « Tchi-tchou ! tchi-tchou ! »

Et Tori se mit à répéter sans se lasser : « Tchi-tchou, tchi-tchou ! »

Lorsqu'il fut en présence de l'empereur de Chine, il était tellement certain d'être mis à mort incontinent que, lorsqu'on lui demanda où se trouvait le sceau impérial, il se contenta de répondre :

« Tchi-tchou ! tchi-tchou ! »

Aussitôt un courtisan tomba à genoux et avoua qu'il avait en effet dérobé le sceau de l'empereur. Le courtisan s'appelait Tchi-Tchou.

« Je reconnais, dit le souverain, que tu es un grand devin. Tu resteras à ma cour. »

Tori ne fut pas satisfait de cette décision, car il tremblait que son ignorance ne se manifestât un jour ou l'autre.

Aussi demanda-t-il à retourner chez lui auprès de sa femme et de ses parents.

L'empereur hésita un peu ; perdre un si grand devin !

Cependant il se résigna à le laisser partir après l'avoir royalement récompensé.

Les courtisans se moquèrent de Tori : que lui importait leur moquerie ! Il revint au milieu des siens, et vécut longtemps sage, riche et honoré.

---

1. Pékin — capitale de la Chine.

SIM-TCHEN

I

À une époque très lointaine, alors que les moines de Bouddha[1] aux larges chapeaux étaient encore des hôtes sacrés et pouvaient sortir de leurs couvents, vivaient dans le petit royaume de San-Nara un pauvre vieillard aveugle et sa femme.

Le vieillard s'appelait Sim-Poissa et sa femme Vansiton.

Ils n'avaient pas d'enfants, et c'était leur plus grand chagrin. Aussi leur joie fut-elle sans bornes lorsque naquit leur fille Sim-Tchen.

Mais huit jours après la naissance de l'enfant, Vansiton mourut et l'aveugle resta seul avec Sim-Tchen.

Il la portait dans ses bras, de maison en maison, et toutes les femmes qui avaient des nourrissons lui donnaient le sein.

De même que Sim-Tchen avait été nourrie un peu au hasard, de même elle grandit ; elle devint la plus belle fille que la terre eût jamais portée.

Tout le monde en parlait à son père, mais celui-ci répondait invariablement :

« Hélas ! je suis aveugle et je ne puis la voir ! »

Or, un jour, un moine qui passait devant sa hutte lui dit :

« Que donnerais-tu au grand Bouddha s'il te rendait la vue ?

— Je lui donnerais trois cents sacs de riz !

— Où les prendrais-tu, pauvre aveugle ? répliqua le moine.

— Je dis la vérité ; est-il personne au monde qui aurait l'audace de tromper Bouddha ?

— Bien ! dit le moine. Apporte le riz au couvent et aussitôt tu recouvreras la vue. »

Le moine parti, Sim-Poissa se demanda comment il avait pu promettre tant de riz et où il le prendrait.

Il eut beau réfléchir. Il ne trouva aucun moyen de tenir sa promesse. Alors, il devint triste et perdit l'appétit.

« Pourquoi ne manges-tu pas, père ? lui demanda Sim-Tchen.

— Je ne veux pas te le dire », répondit l'aveugle.

Sim-Tchen se mit à pleurer :

« Je ne te soigne donc pas bien ? Ne suis-je pas prête à sacrifier ma vie pour que tu retrouves ta gaîté ? »

Alors Sim-Poissa lui avoua tout.

« Ne te tourmente pas, père ! Mange ! C'est Bouddha qui a inspiré tes paroles et c'est lui qui fera tout. »

Quelque temps après, arrivèrent des marchands qui se disposaient à traverser la mer, pour aller chercher des marchandises à Nan-San. Ils demandèrent à acheter une jeune fille dans le but de l'offrir en sacrifice à l'Océan, si l'Océan se courrouçait et menaçait de les engloutir.

« Achetez-moi pour trois cents sacs de riz », leur dit Sim-Tchen.

Les marchands réfléchirent, puis acceptèrent le marché.

Ils fixèrent leur départ au quatorzième jour de la troisième lune.

La veille de ce jour, Sim-Tchen s'assit au chevet de son père et se mit à pleurer silencieusement.

Une larme tomba sur le front de l'aveugle et l'éveilla.

« Pourquoi pleures-tu, ma fille ? »

Sim-Tchen tressaillit :

« Ne me questionne pas, père !

— Je veux le savoir. Je suis ton père et tu dois tout me confier.

— Oh ! père ! ne m'interroge pas !

— Si tu n'honores pas tes parents, tu ne seras pas honorée toi-même.

— Je ne puis parler. Pardonne-moi, père ! »

Le vieillard éclata en sanglots. Il avait deviné le secret de sa fille.

« Oh ! ma fille ! ma fille ! qu'as-tu fait ? Je ne veux pas de ce sacrifice ! »

Il s'en alla trouver les marchands et leur dit :

« Je ne vous donnerai pas ma fille. Reprenez votre riz.

— Nous l'avons déjà envoyé au couvent, » répondirent-ils.

Alors le vieillard s'affaissa et se mit à crier en s'arrachant les cheveux de désespoir :

« Pourquoi me prend-on ma fille ? À quoi bon me rendre mes yeux dans la vieillesse si ce n'est que pour pleurer ? Elle est jeune et je suis vieux. »

Mais Sim-Tchen l'embrassa tendrement et lui dit :

« Ne parle pas ainsi, père ! Souvent un vieil arbre porte des fleurs, alors qu'il n'en pousse pas sur les jeunes troncs. C'est la volonté des dieux. Je n'ai pas peur de la mort. »

Et Sim-Tchen s'en alla avec les marchands. Aux amis qui l'accompagnèrent, elle dit :

« Ne pleurez pas sur mon sort. Si vous m'aimez prenez soin de mon père et nourrissez-le comme je l'ai nourri moi-même. Ne pleurez pas, je ne crains pas la mort. Je suis heureuse de mourir pour mon père. »

Tous vinrent et entendirent ces paroles. Le prince de San-Nara, un vieillard encore plus grand que son père, lui dit :

« Tu es une fille admirable. Il faut que chacun fasse tout ce qui est en son pouvoir. Tu ne mourras pas. Tu vivras de génération en génération avec nos ancêtres et tu seras la première parmi les premières. »

Et, se tournant vers Sim-Poissa, il ajouta :

« Et tu es son père. Nous te respectons autant que nous la respectons ! »

C'est ainsi que parla ce vieillard vénérable, le Prince, le Chef de la race dont la parole a force de loi.

Tous ceux qui l'entendirent pleurèrent.

Les marchands pleurèrent aussi et donnèrent de l'argent pour l'entretien de l'aveugle.

Toutefois ils s'embarquèrent avec Sim-Tchen. Tout d'abord, la traversée fut favorable. Des ondines se montraient souvent à la surface tranquille de la mer.

Elles faisaient un signe de tête à Sim-Tchen et la plaignaient.

Sim-Tchen hochait aussi tristement la tête et pensait :

« Bientôt, bientôt, nous nous reverrons ».

Puis la tempête s'éleva et le soleil se cacha dans son palais d'or dont les portes sombres se fermèrent à grand fracas. L'obscurité s'étendit et les vagues furieuses s'élevèrent plus haut que le navire.

Alors Sim-Tchen se fit apporter un vase plein d'eau pure et se mit à prier pour ses compagnons de voyage.

Ses oraisons terminées, elle s'approcha du bord et, se couvrant les yeux de la main, elle se jeta dans la mer irritée.

« C'est ainsi que la plus belle des plus belles roses est arrachée de sa branche natale et emportée par le flot impétueux », dit un marchand, tandis que les autres regardaient avec un effroi muet les gouffres terribles et sombres de l'Océan.

Mais voici que la tempête se calme, les portes du palais céleste s'ouvrent et le soleil, caché derrière ses tourelles d'or et de pourpre, regarde du haut du ciel bleu, le vaisseau fuir sur les flots transparents.

II

Sim-Tchen, arrivée dans le royaume sous-marin, y vit tant de merveilles qu'elle en oublia la terre.

Trois années passèrent.

Les marchands retournèrent dans leur patrie avec un riche butin.

Quand leur vaisseau fut arrivé à l'endroit où ils avaient sacrifié Sim-Tchen à la mer, ils aperçurent la plus belle des roses flottant à la surface de l'eau.

Ils la prirent et dirent :

« C'est la belle Sim-Tchen qui s'est métamorphosée en rose ! »

Or, lorsqu'ils furent de retour, chez eux, ils apprirent que leur jeune roi était dangereusement malade et que seule une fleur pouvait le guérir.

Ils allèrent trouver le souverain et lui vendirent très cher la rose.

Alors le roi de la mer transporta Sim-Tchen sur la terre, par la route brillante d'un arc-en-ciel, et la déposa dans le jardin du roi.

Sim-Tchen dormait. Elle rêvait que sa mère lui prophétisait :

« Tu seras reine. »

Sim-Tchen et son père

À son réveil, elle vit venir vers elle le jeune roi, une fleur merveilleuse entre les mains :

« Qui es-tu ?

— Je l'ignore. » Et Sim-Tchen disait vrai. Elle avait oublié la terre.

« Je n'ai jamais rencontré femme aussi belle que toi ! dit le roi. Tu seras mon épouse. »

Après le mariage, Sim-Tchen se souvint qu'elle avait habité autrefois sur la terre. Elle se rappela son père et raconta tout à son mari.

Si la mémoire lui était revenue avant la noce, elle n'aurait pas été reconnue reine par la loi, car elle était d'humble origine.

Mais maintenant tout était accompli. Le roi fit chercher le vieillard.

Lorsqu'elle vit paraître son père, la reine fut remplie de joie et demanda :

« As-tu toujours joui de la vue ?

— Non, répondit Sim-Poissa. J'étais aveugle, mais ma fille s'étant sacrifiée pour moi, j'ai recouvré la vue. »

Alors la reine se mit à pleurer et dit :

« Je suis ta fille. Ne me reconnais-tu pas au son de ma voix ? »

Quelle joie ce fut pour tous deux ! Le roi combla le vieillard d'honneurs et ils vécurent ensemble très longtemps et très heureux.

Sim-Tchen s'attristait pourtant quelquefois, en pensant à la cruelle coutume de sacrifier des jeunes filles à la mer.

Mais le roi la consolait en lui disant que le sort de ces victimes n'était peut-être pas plus terrible que le sien.

---

1. Bouddha, c'est-à-dire Sage, fondateur de la religion bouddhiste au VIe siècle avant Jésus-Christ.

CONFUCIUS

Un jour, Confucius[1], entouré de trois mille disciples, traversait une plaine au milieu de laquelle s'élevait un arbre couvert de fruits. Deux femmes assises, l'une à droite, l'autre à gauche de l'arbre, mangeaient de ces fruits. Celle qui se trouvait au couchant était belle, bien faite et blanche de visage ; celle qui se trouvait au levant était jaune et des moins attrayantes.

« Quelle belle femme ! dit Confucius en montrant la première.

— Oui, s'écria l'autre, mais quand tu devras passer un fil dans les quatre-vingt-dix ouvertures d'une petite baie, tu te rappelleras la femme de l'orient et non celle de l'occident.

— Elle est laide ! murmura Confucius. En outre, elle semble un peu folle ».

Lorsque Confucius arriva à la porte de l'empereur de Chine, celui-ci lui tendit une petite baie piquante percée de quatre-vingt-dix trous et lui dit :

« Si tu es vraiment un sage, fais passer un fil dans ces quatre-vingt-dix ouvertures ».

Alors Confucius se souvint de la femme assise au levant et il retourna vers elle. Il la retrouva sous le même arbre ; mais sa compagne avait disparu.

« Me voici, je viens te prier de m'aider. »

La femme prit alors la baie, la trempa dans le miel puis elle attacha un fil de soie ténu à la patte d'une petite fourmi. L'insecte, pour manger le miel, se glissa de trou en trou et fit ainsi passer le fil dans les quatre-vingt-dix ouvertures.

« Tu as deviné ce que me demandait le souverain, dit Confucius. Tu as résolu un problème difficile. Qui es-tu ? Où as-tu étudié ?

— Je n'ai étudié nulle part et pourtant je connais tout, car je suis une servante du ciel. J'ai été envoyée vers toi, parce que le ciel désire que son élu Confucius réponde à toutes les questions que les hommes peuvent lui poser. »

Ayant parlé ainsi, la femme monta au ciel sous les yeux de Confucius.

Le sage se coucha sur le sol et, toute la durée de la nuit, il s'absorba dans les plus profondes méditations. Il faudrait à un mortel ordinaire des milliers de vies pour penser ce que Confucius pensa cette nuit-là.

Confucius.

---

1. Confucius, le plus célèbre philosophe de la Chine, est né en 561 et mort en 479 avant Jésus-Christ.

L'ARTISTE

Il y avait une fois, en Corée, un artiste peintre nommé Kin-Ton. Il était célèbre, mais il rêvait d'une gloire plus grande encore que celle dont il jouissait.

Un soir, il vit en rêve un vieillard octogénaire qui lui adressa ces paroles ;

« Il existe une rivière céleste, plus merveilleuse que le ciel et plus lumineuse que la plus pure des eaux terrestres. Pour la découvrir il faut observer le ciel chaque nuit ; elle commence son cours à l'endroit même où tombe le reflet rougeâtre d'Orion, qui l'embrase de sa couleur. Fais un tableau de cette rivière, ton œuvre donnera le bonheur à toute la Corée. Mais elle te coûtera la vie. »

Kin se réveilla, il attendit avec impatience la venue de la nuit et regarda le ciel. Tout d'abord, il ne put rien distinguer. Tantôt le ciel était d'un bleu sombre et ne pâlissait qu'autour des étoiles, grosses comme des gouttes de rosée ; tantôt la lune brillait, entourée de la douce lueur d'Orion et dans cette clarté s'éteignaient les étoiles et pâlissait le firmament.

Enfin, après un long examen, Kin réussit à distinguer d'autres parties du ciel qui semblaient onduler comme des flots.

Et il aiguisa tellement sa vue qu'il put apercevoir ce qu'aucun mortel n'avait vu avant lui.

Ceux qui le voyaient ainsi, perdu dans sa contemplation, prétendaient que son âme s'était évadée de son corps pour se perdre dans les profondeurs de l'éther.

Le travail de Kin avançait lentement.

Des mois, des années passèrent.

Un jour que Kin contemplait le ciel, — il ne lui restait plus qu'à discerner un dernier reflet, — il cessa soudain de voir et l'azur et tout ce qui l'entourait.

Kin était devenu aveugle. Lorsqu'on entra chez lui au matin, on le trouva mort.

On porta son tableau chez le roi ; celui-ci fit appeler les savants et demanda :

« Qu'est-ce que cela signifie ? »

Les savants, après une longue discussion, répondirent :

« Cela ne signifie rien. »

Le tableau fut relégué dans les archives.

Mais un sage Chinois vint dire à l'empereur de Chine :

« Le célèbre artiste Kin-Ton, de Corée, a peint un extraordinaire tableau. Il faut l'acquérir à n'importe quel prix. »

L'empereur de Chine envoya acheter le tableau et le roi de Corée le céda pour mille cash[1].

Mais les Chinois ayant dû corrompre les ministres coréens, le tableau leur revint à trente mille cash.

« Que voulez-vous faire de cette ordure ? demandèrent les ministres coréens en cachant l'argent dans leurs larges manches.

— Ce que nous voulons en faire ? Donnez-nous donc un hameçon. »

Et lorsqu'on eut approché l'hameçon de la toile, il en sortit un poisson vivant.

« Vous le voyez, s'écrièrent les Chinois, vous avez vendu le bonheur de votre pays. »

Et depuis lors la Chine commença à prospérer et la Corée tomba peu à peu dans la misère où elle se trouve encore aujourd'hui.

L'ARTISTE 27

L'artiste Kin-Ton perdu dans sa contemplation.

---

1. Environ 20 francs.

NI-MOUÉÏ

(sans-souci)

Il y avait une fois un homme qui s'appelait Ni-Men-San.
Il avait douze fils et une fille.
Ni-Men vivait un mois chez chacun de ses fils et, quand l'année était bissextile, quand elle comptait treize mois lunaires, il passait le treizième mois chez sa fille.

Il ne faisait rien d'autre.

Tout le monde l'enviait et l'on parlait si souvent de sa vie insouciante que le bruit en arriva aux oreilles de l'empereur de Chine.

Curieux de connaître l'homme qui n'avait ni soucis, ni affaires, il le fit appeler à la cour.

« Est-il vrai que tu ne fasses rien d'autre que de visiter tes enfants ?

— Oui, le ciel m'a envoyé autant de fils qu'il y a de mois dans l'année et une fille pour le treizième mois des années bissextiles ; ainsi je vis chaque mois chez un de mes enfants.

— Voilà qui est admirable, déclara l'empereur. Pour te récompenser, je te donne cette perle à la condition que tu en prennes le plus grand soin et que tu puisses me la montrer chaque fois que je te la demanderai. Sinon, malheur à toi. »

Et quand l'empereur eut congédié Ni-Men, il ordonna à ses gardes de s'emparer de la perle sans que Ni-Men s'en aperçût et de la jeter où bon leur semblerait.

Ni-Men trouve la perle dans les entrailles du poisson.

Un garde déguisé suivit Ni-Men sur le bac, vola la perle que celui-ci avait serrée dans son panier et la jeta dans l'eau.

Après avoir traversé la rivière, Ni-Men s'arrêta dans une ferme pour y passer la nuit. Avant de se coucher, il fouilla dans son panier pour s'assurer que la perle s'y trouvait toujours. À vrai dire, depuis que l'empereur la lui avait donnée, la belle insouciance de Ni avait disparu. Il songeait sans cesse au cadeau de l'empereur.

Lorsqu'il eut cherché, et vainement ! il connut à son tour le chagrin et le souci.

Sa nuit fut sans sommeil ; cependant, vers le matin, il se sentit de l'appétit.

C'est à ce moment-là qu'il entendit le cri d'un pêcheur ; il le héla et lui acheta un poisson. Quels ne furent pas son étonnement et sa joie en trouvant sa perle dans les entrailles du poisson !

Sur ces entrefaites, l'empereur donna l'ordre de faire revenir Ni-Men.

Quand il fut en sa présence, le souverain lui demanda d'un ton menaçant :

« Montre-moi la perle que je t'ai donnée. »

Ni-Men la sortit de son panier et la présenta à l'empereur,

« Comment l'as-tu retrouvée, car je sais, avec certitude, que tu la perdis hier ? »

Alors Ni-Men raconta de quelle manière la perle était revenue en sa possession.

« Le Ciel et le Roi de la mer sont pour toi, dit alors l'empereur ; tu as, en effet, le droit de ne te soucier de rien ; tu t'appelleras, dès aujourd'-hui, Ni-Mouéï, c'est à-dire *Celui-qui-ne-se-soucie-de-rien.*

On donna à Ni-Mouéï la charge de *Bouyou-oni*, ce qui signifie : Ne-rien-faire. Il garda cette enviable fonction jusqu'à sa mort. On l'enterra avec de grandes cérémonies.

KO ET KILI-SI

I

Il y avait une fois, dans une ville, un jeune homme appelé Ko. Il était pauvre et travaillait comme ouvrier chez un de ses voisins. Ko était laborieux et se montrait affable envers ses camarades ; aussi chacun l'aimait, et comme il était célibataire, tout le monde souhaitait qu'il se mariât.

Un jour, les habitants de la ville se réunirent et, s'étant consultés, ils décidèrent que la femme qui conviendrait le mieux à Ko était une jeune fille nommée Kili-Si, dont la renommée dépassait les limites de la ville. Le père de Kili-Si donna son consentement.

Ce fut ainsi que Ko épousa Kili-Si.

On choisit pour la célébration de leur mariage le jour le plus propice. C'était le troisième jour de la nouvelle lune.

Lorsque, après la noce, les jeunes époux eurent été ramenés chez eux, Kili-Si dit à Ko :

« Jeune et bien doué comme tu l'es, tu peux devenir un grand homme et tu as le temps de le devenir. Tu n'as que dix-huit ans. Je t'aime, mais je veux t'aimer davantage encore. Et je ne serai pas ta femme avant que tu n'aies appris à lire, à écrire, et que tu ne sois versé dans toutes les sciences.

— Mais il faut au moins dix ans pour cela ! s'écria Ko.

— Dix ans passent vite quand on travaille. Je t'attendrai en m'occupant du ménage.

— J'accomplirai ton désir, mais dans un an. Je veux vivre cette année avec toi, car tu es belle et je t'aime.

— Non, dans un an, ce sera trop tard. Si tu m'aimes vraiment, tu feras ce que je te demande et m'écouteras.

— Bien, dit Ko, je consens, mais à une condition : sois ma femme dix jours seulement ; alors je partirai et je ne reviendrai que dans dix ans, tel que tu désires me voir.

— J'accepte, mais d'abord, établissons un contrat. »

Elle se fit une petite coupure au troisième doigt de la main droite, et, avec le sang qui coulait, elle traça sur le bord de sa jupe des signes relatant le serment. Puis elle détacha ce fragment d'étoffe, le déchira en deux, en donna une moitié à son mari et cacha l'autre dans son sein.

Dix jours plus tard, à l'aube, Ko était parti, et personne ne sut vers quel pays.

Kili-Si avait donné à son mari quelques livres et un peu d'argent pour le voyage.

Il s'en allait par la grand'route, en se demandant comment il deviendrait un homme instruit. Il arriva ainsi à un village.

Traversant une rue, il entendit, non loin d'une habitation, des voix d'élèves ; il comprit que c'était une école. Il entra donc et s'assit. Le maître lui demanda :

« Qui es-tu ?

— Un élève, répondit Ko.

— Où sont tes livres ?

— Les voici.

— Hé bien ! lis ! dit le maître.

— Je ne sais pas lire !

— Tu n'es pas un écolier, fripon ; tu désires sans doute manger du millet sans payer... Mes élèves savent déjà beaucoup de choses et personne n'a le temps de s'occuper de toi ici... va-t'en ! »

Et Ko, docile, s'en alla.

« Je n'apprendrai jamais rien, murmura-t-il avec tristesse. Ne vaut-il pas mieux que j'aille dans la forêt, afin que les tigres me dévorent ?... »

Il s'enfonça dans la forêt et parvint à un endroit sauvage et sans route. Il voulait mourir, et cependant, au moindre bruit, il s'effrayait, se croyait poursuivi par des tigres, et se cachait de son mieux.

Il ne vit point de tigres, mais des moines, dont le couvent, tout proche, s'élevait dans une clairière de la forêt.

« Ah ! le voilà, le coquin qui a voulu nous voler la nuit passée ! » s'écria l'un des moines.

Alors, tous les bonzes se mirent à le frapper.

Ils le ligotèrent et l'emmenèrent en prison.

Pendant trois jours, Ko garda le silence, tant il avait peur.

Mais lorsque le supérieur du couvent eut examiné et interrogé Ko avec douceur, le malheureux retrouva ses esprits et raconta tout au long sa mésaventure.

« Si tu veux réellement acquérir la science, dit le supérieur, viens chez moi ; tu nous rendras des services en portant le bois et je te donnerai des leçons. »

Ko accepta avec joie.

II

Le supérieur le garda cinq ans, et le jugeant assez instruit, il l'engagea à se rendre à Séoul[1] pour subir les examens qui donnent accès aux hautes fonctions.

À cette époque-là, on ne vendait pas encore les charges.

Bien que le terme de dix ans fixé par sa femme ne fût pas encore atteint, Ko se rendit à Séoul.

Le roi lui-même posa à tous les candidats la question suivante :

« Qu'est-ce que *Soïp-okhy-ouiou-si-dzioun*, ce qui signifie littéralement : « belle humeur, femme, commerce de vin, centre ».

De tous les candidats, Ko seul sut lire et interpréter la pensée du roi.

Voici ce que le roi avait voulu dire :

« Il y a au centre de la ville un débit de vins où se trouve une jeune femme, qui par son charme et sa belle humeur attire toute la jeunesse. »

Ko apprend la science.

On donna à Ko la charge suprême de Pon-es, ce qui signifie : reviseur de toutes les provinces.

Trois années s'écoulèrent encore et quoique le temps convenu ne fût pas encore accompli, Ko résolut d'aller revoir sa patrie.

Mais lorsqu'il y fut revenu, il s'arrêta dans une ferme où personne ne le connaissait.

« Y a-t-il dans cette maison un homme qui s'appelle Ko ? demanda-t-il. Que savez-vous de lui ?

— Il y a huit ans, il y avait ici un homme qui portait ce nom, lui répondit-on. Mais il est parti après son mariage et personne ne l'a jamais revu.

— Où est-il allé ?
— Nous l'ignorons, sa femme est restée seule ici.
— Quelle sorte de femme est-ce ?
— C'est une femme très vertueuse. Elle s'est construit une maison recouverte de tuiles et elle y habite avec son fils qui a sept ans. Elle a ouvert une école où nos enfants vont s'instruire gratuitement.
— Je suis le reviseur chargé d'inspecter cette école, dit Ko.
— Allez-y, vous y serez très bien reçu ; mais ne pensez pas à voir la maîtresse de la maison ; depuis le départ de son mari, elle ne se montre à aucun homme. »

Quand Ko arriva à l'école, les élèves l'attendaient. À tous il demanda leur nom de famille.

L'un deux répondit :

« Je m'appelle Ko ! »

C'était son fils, né en son absence.

Le père ne se trahit pas et, l'examen fini, il s'en alla.

Deux ans passèrent.

Le délai de dix ans avait pris fin et Ko rentra dans sa patrie.

Il alla de nouveau visiter l'école et dit à son fils :

« Je veux voir ta mère.

— On ne peut pas la voir.

— Présente-lui ceci. »

C'était la moitié du fragment d'étoffe où elle avait tracé des lettres avec son sang dix ans auparavant.

Sans mot dire, le fils s'en alla vers sa mère.

« Il y a là un étranger qui désire te voir. Il m'a prié de te remettre ce morceau d'étoffe. »

Dès qu'elle vit le fragment, Kili-Si s'écria :

« Oh ! mon fils, fais-le entrer vite !

— Que signifie cela, mère ? Serait-ce mon père ?

— Oui, c'est mon mari et ton père. »

C'est ainsi que Ko revint chez lui, après avoir tenu sa parole ; et il vécut dès lors heureux avec sa vertueuse et intelligente femme.

---

1. Séoul, capitale de la Corée, sur le fleuve Han-Kiang.

NEN-MOÏ
(le marais des violettes)

Il y avait à Séoul un juge nommé Cho-Douï. Un jour qu'il s'en allait par les rues, il remarqua un jeune homme nommé Ni-Tonon, qui criait :

« Du toradi ! du toradi ![1] Un cash le paquet ! »[2]

Le juge ayant examiné la racine, comprit immédiatement que le jeune homme ne vendait pas du toradi, mais de la précieuse racine de jen-chen.

« Je t'achète la corbeille ; porte-la chez moi. »

Ni-Tonon porta chez le juge toute sa corbeille et, comme elle contenait cent paquets, il reçut cent cash.

Le juge le retint à dîner et le congédia sur ces mots :

« S'il t'est possible de te procurer encore de ces racines, apporte-les moi ; j'achèterai tout ce que tu auras.

— Il m'est facile de te contenter. Nous n'avons ni semé ni planté ce légume, et il a envahi notre jardin potager.

— Je retiens la récolte entière ! »

Ni, un mois durant, dépouilla son jardin et le juge put remplir tous ses entrepôts.

Il vendit les racines et gagna ainsi trois millions de lians[3].

Il demanda à Ni :

« Quelles personnes composent ta famille ?
— Ma mère et moi, répondit Ni.
— Si l'offre t'agrée, je te donne ma fille en mariage.
— Tu me vois tout prêt à accepter, donne-moi ta fille ! »

Ni vint se fixer chez le juge, avec sa mère, et la noce fut célébrée. Mais le nouvel époux était des plus simples, et sa jeune femme en concevait de l'irritation.

« Les jeunes gens de ton âge jouent aux osselets ou aux cartes et s'amusent dehors. Toi, tu demeures constamment à la maison, comme un sac. »

Le beau-père ajoutait :

« Ta femme a raison. Tu devrais t'amuser. Tiens, voilà cent lians. »

Ni s'en fut à la ville, en fit le tour et revint, ayant dépensé deux cash pour deux tasses de millet dont il s'était régalé.

Sa femme fut navrée d'avoir un mari qui ne savait pas dépenser plus de deux cash.

Mais Ni se forma peu à peu. Il apprit à gaspiller mille lians en une soirée. Alors son beau-père lui-dit :

« Tu as déjà dépensé cent mille lians. Va en Chine, tu achèteras de la soie et nous réaliserons une bonne spéculation. »

Et il lui donna un million de lians pour les achats.

Ni prit la grosse somme, partit pour la Chine, et il la donna à la première danseuse qu'il rencontra.

Ensuite il revint à la maison, les mains vides.

« Qu'as-tu fait, mon fils ?
— J'ai donné l'argent à une danseuse ; mais si tu me confies encore un million de lians, alors j'achèterai de la soie. »

Le beau-père les lui remit.

Ni s'en alla en Chine, il revit la même danseuse, et se montra envers elle aussi prodigue qu'à sa première visite.

De retour à la maison, il dit :

« J'ai de nouveau tout donné à une danseuse, mais si tu me confies encore un million de lians, alors j'achèterai de la soie. »

Le juge n'avait plus rien. Il prit en cachette, dans la caisse de l'État, un million, qu'il porta à son gendre.

Ni repartit et donna une fois encore tout l'argent à la même fille.

« Adieu ! lui dit Ni, au moment de la quitter, nous ne nous reverrons plus.

— Tu m'as fait des cadeaux si somptueux que j'aimerais te donner quelque chose en souvenir de moi, » lui répondit la danseuse.

Elle lui montra ses trésors amoncelés dans un coffre et dit :

« Choisis. »

Dans un coin du coffre se trouvait une pierre bleue de la grosseur du poing, percée de trois petits trous égaux, et d'un quatrième plus grand que les autres.

« Donne-moi cette pierre, demanda Ni.

— Oh ! Oh ! tu as choisi ce que j'ai de plus précieux. Lis cette inscription sur la pierre : *Tinan*. Il te suffira de prononcer ce mot pour que s'accomplisse tout ce que tu pourras désirer. »

Ni remercia, prit la pierre et retourna chez lui.

Quand il fut près de sa maison, il rencontra une joyeuse compagnie d'hommes et de danseuses, qui l'invitèrent à se mêler à eux.

Ni, pour les remercier, frappa sur la pierre et de la pierre sortit la jeune fille Tinan, Ni exprima ce désir :

« Je veux qu'à cet endroit s'élève un palais où l'on trouve une magnifique hospitalité. »

Tinan rentra dans la pierre, d'où sortirent trois vieillards tenant des citrouilles.

Un des vieillards frappa sa citrouille et un magnifique palais s'éleva. Le second fit de même : un riche mobilier et une foule d'esclaves parurent. Enfin le troisième frappa sa courge, et toutes sortes de bonnes choses se montrèrent.

Le festin commença. Il dura trois jours. Un des amis de Ni, passant par là, lui dit :

« Ton beau-père est en prison, par ta faute.

— Pourquoi est-il en prison ?

— Pour avoir emprunté, et sans les rendre, un million de lians à la caisse de l'État. Maintenant, il doit déjà trois millions de lians avec les intérêts. »

Alors Ni quitta le festin, ordonna à Tinan de tout reprendre et s'en alla à Séoul.

Au logis il trouva sa femme, déguenillée et affamée. La maison, qu'on ne réparait plus, tombait en ruines.

« As-tu rapporté de la soie ? s'enquit son épouse.

— Je n'ai rien rapporté, j'ai donné l'argent à une danseuse.

— Mon pauvre père périra donc en prison !

— Il ne fallait pas m'apprendre à gaspiller la fortune. Mangeons plutôt, dit le mari.

— Je n'ai rien à te donner, » répondit la femme.

Alors Ni se rendit à la prison, où était enfermé son beau-père.

« Tu as acheté de la soie ? lui demanda le vieillard.

— Non, j'ai donné l'argent à une danseuse. Ta maison s'est effondrée et nous n'avons rien à manger.

— Quel malheur ! dit le beau-père. Tiens, prends mes habits, vends-les et achète-toi des aliments.

— Dis-moi plutôt quelle somme d'argent il faut réunir pour payer ta dette.

— Tu as donc de l'argent ? D'où vient-il ? »

Ni le lui raconta.

Il paya pour son beau-père qui fut remis en liberté.

À la place de leur maison s'éleva un palais, où chaque jour, ils distribuèrent aux pauvres de l'argent et du pain.

Mais le bruit courut dans la ville que Ni et son beau-père avaient dû détrousser quelqu'un ; sinon, d'où tireraient-ils leurs richesses ?

Cette rumeur arriva aux oreilles du roi.

« Ni n'a peut-être volé personne, dit le premier ministre au roi, mais un homme qui est si riche et, qui, de plus, donne de l'or aux pauvres, est un homme dangereux pour le royaume et il faut le détruire, lui et toute sa race. »

Le roi ne contredit pas son ministre, et la garde partit pour mettre en prison Ni, sa femme et le beau-père.

Mais quand le palais fut cerné, Ni évoqua Tinan et lui ordonna d'emporter le palais et sa famille dans un pays éloigné des lieux où l'on coupe la tête aux gens forts ou sages, pour les punir de secourir les pauvres.

Tinan rentra dans la pierre et trois vieillards en sortirent. Le premier frappa la citrouille et le palais s'éleva dans les airs ; le second frappa la sienne et le palais monta jusqu'aux nuages ; le troisième fit de même que les deux premiers et le palais disparut aux regards.

Quelle contrée lointaine Ni a-t-il choisie pour y fixer sa demeure ? Habite-t-il la terre ou le ciel ? Nul ne le sait. Mais à la place où se trouvait son palais, s'étend un marécage. Au printemps, des violettes y fleurissent et l'endroit s'appelle *Nen-moï*, le marais des violettes.

---

1. Toradi, racine qui se mange en salade.
2. Un cash — deux centimes environ.
3. Un lian vaut environ 1000 cash.

TCHAPOGUI

Sous le roi Souk-Tzon-Tavani, vivait un pauvre hère nommé Kim-Khodoury.

Pour gagner sa vie, il allait abattre du bois dans la forêt voisine et le revendait.

Il faisait trois fagots par jour ; il en vendait deux et utilisait le troisième pour ses besoins domestiques.

Mais un étrange événement vint troubler son existence : il rentrait, chaque soir, trois fagots dans son enclos, et le lendemain matin, il n'en retrouvait que deux.

Le pauvre homme réfléchit ; comme il ne comprenait pas la raison de cette disparition, comme il était courageux à l'ouvrage, il résolut de faire quatre fagots.

Alors, ce fut le quatrième qui disparut.

« C'est bon, se dit le pauvre homme ; j'attraperai tôt ou tard le voleur. »

Quand vint la nuit, il se glissa dans la quatrième fascine et attendit.

Au milieu de la nuit, le fagot contenant le pauvre homme s'éleva et s'envola au ciel.

Les serviteurs d'Okonchanté, Dieu du Ciel, survinrent, délièrent la fascine et y trouvèrent Kim.

Lorsqu'on l'eut conduit devant Okonchanté, celui-ci lui demanda comment il était parvenu à monter au ciel. Kim le lui raconta avec force lamentations.

Alors, on apporta les livres où figurent le nom et la destinée de tous les vivants, et Okonchanté dit :

« Oui, tu es bien Kim-Khodoury ; il ne t'est pas donné de manger du vermicelle, mais seulement de la soupe à l'eau. »

Kim se mit à pleurer et demanda à changer de sort.

Il pleura tant que tous les habitants du ciel et Okonchanté lui-même eurent pitié de lui.

« Je ne puis t'être d'un grand secours, dit ce dernier, mais voici ce que je peux faire pour toi : prends le sort de quelqu'un et jouis-en jusqu'à ce que le dépouillé vienne vers toi. »

Okonchanté chercha dans les livres et ajouta :

« Prends le bonheur de Tchapogui, si tu veux. »

Kim le remercia, et au même instant les serviteurs d'Okonchanté le descendirent sur terre, à l'endroit où se trouvait sa chaumière.

Kim se coucha. Le lendemain, il se rendit chez un riche voisin et lui emprunta cent lians et dix mesures de millet.

Naguère personne n'aurait prêté à Kim quoi que ce fût, mais le sort de Kim avait changé, et le voisin lui accorda ce qu'il demandait sans aucune difficulté. Avec cette somme, Kim se mit à faire du commerce et il s'enrichit bientôt de telle manière qu'il devint l'homme le plus opulent de la Corée.

Tout le monde l'enviait ; lui seul savait que son bonheur n'était pas le sien, mais celui de Tchapogui. Nuit et jour, il attendait avec effroi la venue du terrible Tchapogui, qui lui ravirait d'un seul coup toute sa félicité.

« Je le tuerai », se dit Kim ; et il prépara un couteau, une épée et des flèches empoisonnées.

Un jour, voilà que deux mendiants, le mari et la femme, passèrent devant le palais de Kim.

Dans la cour se trouvait un char, sous lequel ils se cachèrent pour se mettre à l'abri des rayons du soleil.

La pauvre femme devint presque aussitôt mère d'un garçon, et l'enfant reçut le nom de Tchapogui, mot qui signifie : *trouvé sous un char*.

« Qui crie si fort sous ce char ? demanda Kim en arrivant dans la cour. »

— C'est Tchapogui ! » lui répondirent ses serviteurs.

Kim devint immobile comme s'il eût pris racine.

« Ah ! voilà donc mon créancier, se dit-il, ce n'est pas un individu terrible, mais un petit enfant sans défense, nu et misérable ! Gardons-nous de le tuer ! Je vais adopter ce Tchapogui, et, étant son père, je continuerai à vivre du bonheur de mon fils. »

C'est ce que fit Kim ; il vécut très longtemps, riche et heureux, comme père de *celui qui naquit sous un char*.

Tchapogui né sous le char.

LA SCOLOPENDRE

Nim-San vivait à I-djoou.
Il était très pauvre et avait un grand nombre d'enfants qui tous exigeaient de lui non seulement de la nourriture, mais encore de l'argent et de beaux vêtements.

Une veille de nouvel an, les enfants l'avaient tant harcelé pour qu'il leur donnât des costumes neufs que le malheureux père s'enfuit de la maison, décidé à ne jamais y revenir.

Il avait tout bonnement résolu de se suicider et comme l'hiver était très rigoureux, il s'en alla dans les montagnes pour y mourir de froid.

Mais quoique bien décidé à périr, il se choisit cependant un endroit abrité, et il s'assit en attendant sa fin.

C'est alors qu'il vit venir deux femmes : l'une jeune et richement habillée, l'autre esclave.

Elles le saluèrent en passant, et la maîtresse lui demanda ce qu'il faisait là par ce froid cruel.

Nim la mit au fait de sa fatale résolution.

« On ne se donne pas la mort pour si peu, dit la jeune femme ; suis-moi et je te viendrai volontiers en aide. »

Il la suivit et ils arrivèrent à I-djoou dans une très riche habitation.

La jeune femme lui donna de l'argent, des étoffes, du millet et l'invita à venir souvent chez elle, non sans lui avoir recommandé de toujours frapper à la porte avant d'entrer.

Nim, tout heureux, apporta à ses enfants les vêtements neufs, l'argent et le grain. Le nouvel an leur parut aussi joyeux qu'il l'est pour ceux qui ont, en abondance, du millet, de l'argent et de beaux habits.

Nim alla revoir la jeune femme ; bientôt ils s'aimèrent et résolurent de se marier.

Un soir, comme Nim sortait de chez lui pour aller chez sa fiancée, un fantôme immense se dressa devant lui dans l'obscurité.

« Je suis ton ancêtre, dit le spectre, et je suis venu pour te prévenir : celle que tu aimes n'est pas une femme, mais une bête immonde. Si tu veux t'en convaincre, tu n'as qu'à ouvrir la porte sans prévenir et tu verras non pas ta bien-aimée, mais une scolopendre. »

Et l'esprit disparut.

Nim assez troublé, se disposait à obéir à son ancêtre ; mais quand il fut à la porte, il eut pitié de la scolopendre et il frappa avant d'entrer.

Quand il eut franchi le seuil de la demeure, la jeune femme s'inclina jusqu'à terre devant lui et dit :

« Je vois maintenant que tu m'aimes, et je t'en suis reconnaissante. Je n'ignore rien. Un fantôme se disant ton ancêtre vient de t'apparaître. Ce n'était pas ton aïeul, mais mon ennemi personnel, le serpent, qui fut jadis mon époux. L'un de nous deux devait devenir créature humaine ce soir. L'heure fixée était celle où tu as frappé à ma porte. Si tu m'avais surprise en cachette, je serais restée scolopendre pour dix siècles encore, et mon ancien mari se serait transformé en homme. »

Bientôt après, ils célébrèrent joyeusement leurs noces et vécurent en s'aimant.

L'ancienne scolopendre[1] apporta beaucoup de bonheur à la race de Nim. Et quoique plus de mille ans aient passé depuis lors, la famille de Nim-San est maintenant encore la plus riche d'I-djoou.

Un soir, un immense fantôme se dressa devant lui.

1. Une scolopendre est une femme transformée pendant mille ans en bête. Trois mois avant le terme de son châtiment, elle reprend par moments l'apparence d'une femme. Pendant cette période, elle doit trouver un homme qui l'aime, mais l'homme ne doit pas découvrir sa véritable nature.

L'ONCLE

Il y avait une fois, dans la province de Khandiegho, un brave homme nommé Tzou-Ireni.
Tout homme a sa faiblesse et Tzou avait la sienne : il avait rêvé de devenir gouverneur en quelque province.

À cette époque-là, à Séoul, les charges n'étaient plus données selon les mérites, mais vendues contre argent.

Tzou connaissait un ministre prévaricateur auquel il remit peu à peu toute sa fortune.

Le ministre lui promettait toujours une place, en disant :

« Gouverneur, c'est une bien haute fonction ! Il faut encore me donner de l'argent. »

Tzou retourna une fois de plus chez lui et ayant vendu ce qui lui restait, il réunit encore trois cents lians et revint à Séoul.

En route, il fit dans une auberge la connaissance de deux voyageurs, le mari et la femme. Celle-ci était sur le point d'accoucher et en effet, la même nuit, elle mit au monde une fille. Mais les parents de l'enfant nouveau-né étaient si pauvres qu'ils ne purent payer la table et les mets qu'on offre à la mère, à cette occasion.

Alors Tzou leur donna son argent, en disant :

« Je suis vieux et solitaire ; à quoi me servirait d'être gouverneur ?

Vous, vous êtes jeunes, vous avez toute votre vie devant vous. Peut-être mon argent vous portera-t-il bonheur. »

Le mari et la femme remercièrent Tzou qui retourna chez lui.

Dix-sept ans passèrent ; Tzou avait déjà quatre-vingts ans et vivait depuis longtemps dans la misère. Il résolut de voir encore une fois Séoul avant de mourir.

« Peu importe l'endroit où je mendie, » dit-il avec un triste sourire à ses voisins.

Ceux-ci l'écoutaient en hochant la tête : il avait dépensé une fortune qui eût suffi à toute autre que lui pendant deux siècles et il n'avait rien obtenu.

Quand Tzou arriva à Séoul en demandant l'aumône, le devin du beau-père du roi (Po-inguouny) le vit et dit :

« Voici l'homme qui recevra aujourd'hui même les douze charges du royaume. »

Le devin s'en alla chez Po-inguouny, beau-père du souverain, et lorsque celui-ci lui demanda ce qui lui adviendrait ce jour-là, le devin le regarda en face et lui dit :

« Une grande joie. »

Mais Po-inguouny était de mauvaise humeur et répondit :

« Je suis investi de toutes les dignités du royaume ; le roi est l'époux de ma fille ; quelle joie puis-je encore éprouver ? À coup sûr on ne m'offrira pas le trône. Qu'y a-t-il donc de nouveau ?

— J'ai rencontré aujourd'hui un vieux mendiant, dit le devin, et j'ai lu sur son visage qu'il recevrait aujourd'hui les douze charges du royaume.

— Tu te moques de moi ?

— En ai-je l'air ?

— Bien ! Mais si demain ce mendiant est resté mendiant, tu auras la tête tranchée. Va me chercher cet homme.

— J'ai joué ma tête en parlant ! » pensa le devin, et il partit à la recherche du mendiant.

Il le retrouva et l'amena au palais ; tout le monde voulut voir le vieillard, entre autres la belle-mère du roi.

« Mon devin t'a-t-il dit que tu recevrais aujourd'hui les douze charges du royaume. Comment cela peut-il se faire ?

— Je ne sais ce qui arrivera, mais je sais ce qui est, répondit le mendiant, et ce qui est, c'est que je n'ai encore rien mangé aujourd'hui.

— Donnez-lui à manger, dit le beau-père du roi.

— J'ai déjà entendu, je ne sais où, ni quand, cette voix joyeuse et narquoise, dit la femme.

— Écoute, vieillard, nous te donnerons à manger, à condition que tu nous fasses connaître toutes tes bonnes œuvres, ajouta son époux.

— Le récit de mes bonnes œuvres ne prendra pas beaucoup de temps ; toutes ensemble, elles ne valent pas une tasse de millet. Il n'y en a qu'une en tout et pour tout j'ai secouru une fois deux pauvres gens.

— Ces pauvres gens eurent une fille, demanda la femme ; ils n'avaient pas de quoi payer la table et les mets qu'on offre à la jeune mère et tu leur vins en aide ?

— Cela est vrai.

— Ces gens c'était nous, dit la femme du beau-père du roi ; et notre fille est maintenant la femme du roi. Depuis lors, je n'ai cessé de supplier le ciel afin que tu sois retrouvé, tant j'étais impatiente de remercier celui qui nous a secourus dans notre détresse. »

Et la femme du beau-père du roi se jeta aux pieds du vieillard et son mari s'inclina devant lui jusqu'à terre.

La mère s'en alla chez sa fille et lui dit :

« Veux-tu voir ton second père, dont je t'ai parlé plus d'une fois ? Il est dans ce palais. »

La fille raconta l'événement au roi son mari et celui-ci alla voir le vieillard.

« Comme nous avons un père, dit le roi, nous appellerons ce vieillard oncle, » titre qui, comme on le sait, est aussi important que les douze charges gouvernementales.

Et le devin du beau-père du roi acquit une telle réputation qu'il gagna bientôt une fortune égale à celle du monarque.

NIAN ET TORI-SI

Nian et Tori-Si moururent lorsqu'ils n'avaient que seize ans.
Après leur mort, leurs âmes comparurent devant Okonchanté, le maître des cieux.

En attendant leur tour, le jeune homme et la jeune fille lièrent connaissance. Quand vint leur tour, il se trouva, informations prises, que l'âme du jeune homme Nian avait été appelée par erreur.

« Hé bien, retourne sur la terre, dit Okonchanté au jeune homme.

— C'est ennuyeux d'y aller tout seul ; ne puis-je retourner sur terre avec cette jeune fille, demanda le jeune homme.

— Non, ce n'est pas possible, parce que son tour de mourir est venu. »

Mais le jeune homme supplia de la manière la plus touchante et finit par déclarer qu'il ne voulait pas redescendre sur terre sans sa compagne

Il disait :

« Je n'ai aucun bien, il faut que je me marie, et où prendrai-je l'argent nécessaire ? Qui consentira sur terre à m'épouser ? Je suis si pauvre ! Les riches recherchent les riches, mais ici, tous sont égaux et nul n'a besoin d'argent ! »

La prière de Nian était si fervente que Okonchanté en fut touché.

« Je ne puis rien changer à ce qui est écrit dans le livre des destinées et je ne saurais où prendre une nouvelle vie pour cette jeune fille. Mais voici ce que je puis te proposer : d'après le livre des destinées, tu dois vivre jusqu'à 68 ans, donne autant d'années qu'il te plaira à ta compagne et emmène-la sur terre. »

Nian partagea en parties égales le restant de sa vie, il en prit une moitié et donna l'autre à la jeune fille.

« Suivez ce petit chien, leur dit alors Okonchanté.

— Nous allons d'abord faire une marque, » dit Nian.

Et chacun d'eux écrivit son nom sur le dos de l'autre.

Puis ils suivirent le chien et quand celui-ci, arrivant à une rivière, s'y jeta, ils s'y précipitèrent et du coup, leurs âmes regagnèrent dans leur corps.

Alors, chacun d'eux raconta aux siens ce qui lui était arrivé.

Du vivant de sa fille, le père de celle-ci avait décidé de la marier à un ami. Aussi feignit-il de ne pas croire à ce qu'elle racontait, assurant qu'une main complaisante avait écrit le nom de Nian sur le dos de Tori ; et il hâtait les préparatifs de la noce autrefois projetée.

Mais Nian se présenta le jour du mariage, et la jeune fille dit, en le désignant :

« Voici mon mari. »

Nian enleva alors son mantelet et tout le monde lut sur son dos le nom de Tori-si ; mais le père persista dans sa résolution.

« Ni le ciel ni L'enfer n'ont le droit de contrevenir à la volonté paternelle, » dit-il.

Alors Nian, ayant consulté Tori-Si, dit :

« Puisque Tori-Si ne veut pas garder ma vie, puisqu'on veut l'obliger à épouser un autre homme, je reprends les jours que je lui ai donnés en partage. »

Le père ne put rien répliquer ; irrité, il cria à sa fille :

« Loin de moi, tu n'es plus à moi ! »

Il avait dit la vérité : en effet Tori ne lui appartenait plus, elle appartenait à Nian ; et comme les deux époux savaient qu'ils n'avaient pas longtemps à vivre, ils s'aimèrent tendrement, éperdument.

Ils eurent trois enfants, et leur laissèrent une assez belle fortune.

Ils moururent ensemble, le même jour, à la même heure, à la même minute, au même instant.

Lorsqu'un voyageur passe devant leur tombe, les habitants du voisinage lui racontent l'histoire des amours de Nian et Tori-Si et quand on parle de deux personnes qui s'aiment de tout leur cœur, on dit :

« Ils s'aiment comme Nian et Tori-si. »

LES CHATS

Autrefois, il y a bien longtemps, les chats n'existaient pas encore sur la terre.

Alors, vivait un tireur d'arc appelé Ken-Tchi. Il eut un songe et rêva qu'il s'en allait à Séoul, à la fête des archers, et recevait du roi lui-même un diplôme d'honneur et le titre de *Dichandari*.

Mais quoi qu'il tirât fort bien, il éprouvait toujours une émotion telle qu'il se montrait d'une maladresse impardonnable. Alors, les gens sages lui conseillèrent d'aller consulter un devin avant de se rendre à Séoul.

C'est ce que fit l'archer. Après avoir touché de lui mille lians, le devin lui dit :

« Que ton chemin ne soit traversé par aucune femme ; mais si une femme quelconque traverse ta route, il te faudra l'embrasser. »

Le tireur d'arc aurait voulu poser d'autres questions ; mais il n'avait pas assez d'argent et, se contentant d'une seule réponse, il se mit en route pour Séoul.

À trois kilomètres de la capitale, il rencontra une femme d'une beauté saisissante. Elle était robuste et élancée et le chasseur ne put soutenir le regard de ses grands yeux verts.

Elle traversa le chemin du jeune homme qui, selon l'ordre du devin, la suivit pour l'embrasser.

Il lui sembla qu'elle ne hâtait pas sa marche ; cependant, il ne put la rejoindre que le soir, comme elle entrait dans une petite chaumière.

Le chasseur en franchit le seuil, derrière elle.

Il se trouva en présence du père et de la mère de la jeune fille.

Le tireur d'arc les salua et leur expliqua le motif de sa visite.

« Si le devin a ainsi parlé, obéissons », dit le père.

Et l'archer fut autorisé à embrasser la jeune fille.

« Il se fait tard, dit le vieillard, tu peux coucher ici, si tu le désires.

— Je ne refuserais pas de passer ma vie entière sous votre toit, répondit l'archer, car je sens que j'aime votre fille et je suis prêt à l'épouser.

— Eh bien ! épouse-la, » dit le vieillard.

Et ils marièrent les jeunes gens selon l'usage du pays.

La nuit vint et tous se couchèrent.

L'archer se réveilla et vit, à ses côtés, une jeune tigresse endormie, plus loin, deux vieux tigres.

Pris de peur, il ferma les yeux ; quand il les rouvrit, il ne vit plus des tigres, mais des créatures à figure humaine. L'archer pensa qu'il avait rêvé, et se rendormit.

Le matin, alors qu'il se disposait à aller à Séoul tirer à la cible, sa femme lui dit :

« Une grande distinction t'attend aujourd'hui, cher mari. Tu atteindras tous les buts, et tu feras mieux encore : tu te couvriras de gloire, et ta gloire brillera de génération en génération, aussi longtemps qu'il y aura des hommes. Retiens bien mes paroles : lorsque tu auras touché le dernier but, trois êtres passeront sur la route ; deux seront vêtus de blanc, montés sur des mules blanches, et portant des éventails blancs ; le troisième sera monté sur une mule tachetée, et agitera un éventail vert. Tire sur eux, sans hésiter !

— Comment ! Tirer sur des êtres humains ? »

La femme hocha la tête :

« Ce ne sont pas des êtres humains, ce sont des êtres sauvages ; si tu ne les abats pas, ils dévoreront tout le monde. Quand tu les auras tués, ouvre la poitrine de celui que portait la mule tachetée. Tu trouveras dans son sein deux petits animaux : prends-les, ne t'en sépare jamais ; qu'il soient pour toi comme des enfants !

— Alors tu les considéreras de même ?

— Oui, certainement ; adieu, mon mari bien-aimé !

— Pourquoi me dis-tu adieu avec tant de tristesse ? Je reviendrai bientôt.

— Je suis triste, parce qu'une séparation, fût-elle d'une minute, me semble une éternité. »

Tout arriva comme la femme l'avait prédit.

Ken-Tchi ne manqua aucun but. Quand sa flèche eut atteint le dernier, trois êtres apparurent sur la route ; deux d'entre eux étaient montés sur des mules blanches et le troisième sur une mule tachetée.

Le tireur banda son arc par trois fois, tira, et chaque fois, la flèche atteignit au cœur l'un des voyageurs.

« Que fait-il ? Il tire sur des hommes ! s'écriait la foule.

— Allez voir à quelle espèce de gens nous avons affaire » cria l'archer et il courut avec les autres là où les voyageurs étaient tombés.

Mais grand fut l'effroi de tous quand au lieu de trois voyageurs, on reconnut trois tigres : un mâle énorme, une femelle de sa taille et une jeune tigresse.

« Quel bonheur qu'ils soient tués, sinon la mort nous menaçait tous. »

Tandis que les gens parlaient ainsi, le chasseur ouvrit rapidement la poitrine de la jeune tigresse et en sortit deux jolis petits animaux, qu'il cacha dans son sein.

Ce jour-là, l'archer reçut le titre de *Dichandari* et une place de gouverneur.

Mais il chercha en vain sa femme ; il ne la retrouva jamais. Ses beaux-parents, la petite chaumière, et jusqu'à la place où elle s'élevait avaient également disparu.

Une année s'écoula durant laquelle les animaux avaient un peu grossi. Survint une guerre néfaste pour la Corée.

Le tireur d'arc porte les petits animaux.

Le roi nomma général en chef de ses armées le gouverneur Ken-Tchi, ancien tireur d'arc.

« Mais j'ignore tout de l'art militaire ! s'écria l'archer.

— Qu'importe ! Tu es le favori de la Fortune, va et sois vainqueur ; sinon je te fais trancher la tête.

— Ne t'attriste pas, murmurèrent les petits animaux. Tu vaincras. »

L'armée coréenne rencontra l'armée ennemie sur les rives de l'Anmoka.

Durant la nuit qui précéda le combat, les petits animaux s'en allèrent dans les champs et les forêts, et crièrent à toutes les souris et à tous les rats des alentours :

« Allez ! sur l'autre rive, parmi l'armée ennemie ; rongez les bois et les cordes de ses arcs, dévorez les provisions et les chaussures. »

Une armée sans approvisionnements, sans armes et sans chaussures n'est plus une armée, mais un ramassis de miséreux.

Ken-Tchi la fit prisonnière le lendemain.

Ce fut la fin de la guerre, et le gouverneur fut nommé ministre.

Quant aux petits animaux, ils eurent une infinie descendance : on les appelle des chats.

Quoique les chats actuels ne parlent plus, aujourd'hui encore les Coréens les considèrent, en souvenir de leur origine, comme des animaux sacrés ; ils les aiment, ils les vénèrent en souvenir du grand service qu'ils rendirent, jadis, à leur patrie.

VOLMAÏ

Pendant le règne du roi Kosmi-Dzon-Tvan, le dernier de sa dynastie, vivait une jeune fille nommée Volmaï-Si, dont les parents étaient très riches. Elle reçut une excellente instruction et lisait le chinois aussi bien que son maître Orou-Chonsen, que tout le peuple honorait pour sa science.

Lorsqu'elle eut seize ans, Orou lui dit :

« Ton instruction est terminée. Par ton esprit et ton savoir, tu es digne d'être la femme d'un ministre.

— Si je possède tant de mérites, je le deviendrai, » répondit-elle.

Et pour cette raison, elle refusa sa main à tous les prétendants. Comme elle avait des sœurs cadettes, pour ne pas nuire à leur bonheur, Volmaï, d'accord avec ses parents, prit sa part d'héritage et quitta la maison paternelle. Elle ouvrit une hôtellerie au bord de la grand'route et sut si bien mener ses affaires que sa maison était toujours pleine de monde et que dans tout le pays on parlait d'elle avec éloge.

Une fois, un jeune charbonnier qui poussait sa brouette remplie de charbon passa devant l'hôtellerie.

Comme elle avait besoin de combustible, elle l'appela et lui demanda ce qu'il voulait de sa marchandise.

Le jeune homme la regarda et dit :

« T'embrasser une fois et rien de plus.

— Ne demandes-tu pas un prix trop élevé ? demanda la jeune fille offensée.

— Je veux tout ou rien, c'est ma devise, répondit le charbonnier. Mais si tu trouves mon prix trop élevé, prends mon charbon pour rien. »

Ayant ainsi parlé, il jeta un sac de charbon aux pieds de la jeune fille et sortit avant qu'elle eût le temps de répondre.

Quelques jours s'écoulèrent et le beau charbonnier passa de nouveau devant l'hôtellerie de Volmaï. Mais il ne regarda même pas la jeune fille et poursuivit son chemin. Comme elle avait de nouveau besoin de charbon, elle fut obligée de l'appeler.

« Ah ! dit le charbonnier ; voilà une cliente que je connais. »

Ah ! dit le charbonnier, voilà une cliente que je connais.

Et s'approchant d'elle, il jeta le charbon aux pieds de Volmaï et s'en alla.

Elle le rappela pour le payer, mais en vain. « Je sais comment tu paies, » lui répondit-il sans se retourner.

Le lendemain, quand la jeune fille se réveilla, il y avait dans sa cour un immense tas de charbon, plus qu'elle ne pouvait en employer, en une année.

Volmaï se sentit très troublée ; elle passa toutes ses journées postée près de la porte, à regarder dans la direction d'où venait, d'habitude, le charbonnier.

Lorsqu'elle l'aperçut enfin, elle alla au-devant de lui et lui dit :

« Je sais que le charbon entassé dans ma cour vient de chez toi.

— Oui, ce sont mes camarades qui l'ont apporté.

— As-tu donc le pouvoir de les commander ?

— J'ai mieux que le pouvoir de les commander, je possède leur amour. »

La jeune fille réfléchit un moment et dit :

« Je désirerais m'acquitter envers toi.

— Tu me fais grand plaisir, dit le charbonnier, et jetant son sac à terre, il embrassa la jeune fille si prestement qu'elle n'eut pas même le temps de penser quoi que ce soit.

— Aucun homme ne m'avait encore embrassée. Bon gré, mal gré, tu deviendras mon mari.

— En ce qui me concerne, je suis consentant. »

Et ils se marièrent.

« Voilà comment elle a épousé un ministre ! » dirent en riant tous les parents, les soupirants et les amies de la jeune fille.

Cependant les nouveaux mariés vivaient heureux.

« Sais-tu lire ? demanda un jour la jeune femme à son époux.

— Non, répondit-il joyeusement, pas plus que mon père et ma mère.

— Veux-tu que je t'apprenne ?

— Pourquoi pas ? J'étudierai quand les travaux de la maison m'en laisseront le temps. »

Cinq ans passèrent et le mari apprit tout ce que savait sa femme.

« Maintenant, va-t-en chez mon maître Orou, afin qu'il te fasse subir un examen. En même temps, rapporte-moi sa réponse à la question suivante : « Si la souche est bête et son rejeton idiot, n'est-il pas temps qu'un autre occupe le trône ? »

Le mari revint quelques jours après et rapporta cette réponse à sa femme :

« Oui, il est temps. »

Bientôt après, la femme dit à son mari :

« Invite à venir te voir trois de tes camarades, que tu choisiras parmi les plus intelligents et les plus influents. »

Quand le mari les eut invités, elle leur prépara un somptueux festin et le soir, elle leur dit :

« Veuillez monter demain à l'aube sur cette montagne-ci et racontez-nous ce que vous aurez vu. »

Le lendemain, quand les trois charbonniers furent montés sur la montagne, ils virent trois petits garçons.

L'un des enfants dit :

« Bonjour ! »

Le second dit :

« C'est demain, que l'on va chasser le vieux roi. »

Le troisième dit :

« Et l'on vous donnera de bonnes places. »

Puis les trois garçonnets disparurent et les charbonniers étonnés revinrent et racontèrent ce qu'ils avaient vu.

« Je savais tout cela, leur dit Volmaï, car je suis devineresse. Je vous dirai même ce qu'il convient de faire pour obtenir de bonnes places et chasser celui qui nous opprime. Dites à tous vos camarades de se rassembler ici ce soir et venez aussi. »

Quand tous les charbonniers se furent réunis à l'heure fixée, Volmaï fit entrer son mari dans sa chambre à coucher et lui dit :

« Il y a dix ans, j'ai résolu d'épouser un ministre. Je t'ai épousé, parce que, étant devineresse, j'ai pressenti tes hautes destinées. Maintenant, je te le dis, ton heure est venue : aujourd'hui même, tu seras nommé ministre et demain, le peuple tout entier te reconnaîtra pour tel. Tiens, prends cette hache. Tes camarades et toi, vous allez vous rendre, chacun de son côté, à la capitale, et vous rassembler près de la maison d'Orou. Toi seul tu entreras dans la maison du maître et tu lui diras : « Ma femme Volmaï te salue. Avec cette hache je briserai la serrure des portes du palais, puis j'accompagnerai les gens qui sont dans la rue et attendent mes ordres, pour remplacer la garde qui s'enfuira du palais. »

Tout se passa comme la femme l'avait prédit.

Quand le mari de Volmaï entra dans la maison d'Orou, il aperçut le maître de son épouse et quelques personnes qui discutaient pour savoir à qui serait attribuée une charge de ministre encore vacante. Orou proposait le mari de Volmaï, les autres des candidats de leur choix.

Le beau charbonnier dit en entrant :

« Je suis le mari de Volmaï ; avec cette hache, je briserai la serrure des portes du palais et pour remplacer les gardes qui seront chassés, j'irai chercher les gens qui m'attendent dans la rue.

— Et tu agiras comme le meilleur des ministres de la guerre, » lui répondit Orou.

Il ne resta à tous les assistants d'autre parti que de crier : « E — e », ce qui signifie : « oui, oui ».

Puis, tandis que tous dormaient, le mari de Volmaï et ses compagnons s'en allèrent au palais. Brisant les serrures, ils prirent les gardes à l'improviste et leur crièrent : « Choisissez ! Vous allez nous livrer vos vêtements, quitter le palais et vous taire sur ces événements, sinon c'est la mort immédiate. »

La garde se soumit à cette injonction. Les charbonniers endossèrent les uniformes, le palais fut occupé et le roi pris.

Le lendemain, un autre roi, In-Dzan-Teven monta sur le trône, et des ministres nouveaux entrèrent en fonctions. Quand les anciens arrivèrent au palais, on leur proposa soit d'accepter le changement de régime, soit d'être exécutés sur-le-champ.

« Et où sont le vieux roi et son fils ? demandèrent-ils. — Ils ont été enlevés vivants au ciel.

— Oh ! c'est un grand honneur que nous ne méritons pas, » dirent les ministres et ils prêtèrent serment de fidélité au nouveau souverain.

Et tout reprit son cours. Orou, le maître et prophète vénéré, se rendit à la grand'place et, de manière à ce que tous l'entendissent, il prédit au jeune roi un long règne favorable au peuple et une dynastie qui durerait mille ans.

La prophétie d'Orou s'accomplit ; le souverain vécut pour le bien du peuple et les charbonniers restèrent gardes du palais.

Et c'est depuis cette époque que l'uniforme des gardes royaux est de couleur sombre.

Le mari de Volmaï fut ministre jusqu'à sa mort, et personne n'osa plus dire que Volmaï n'avait pas su bien choisir son époux.

UN AMI INDIGNE

Le jeune Paksen-Darghi, fils de parents riches qui habitaient la province de Pyando, s'en alla à Séoul pour acheter une charge correspondant à sa noble naissance.

Mais arrivé à Séoul il se livra à une vie de plaisir et d'oisiveté et dépensa tout l'argent que son père lui avait donné.

Comme il n'avait plus les moyens de payer on le chassa de l'hôtellerie.

Il errait dans les rues, tourmenté par la faim, lorsque, passant devant une ferme, il entendit quelqu'un qui lisait à haute voix. Il s'arrêta pour écouter. Le livre et la lecture lui plurent. Il entra dans la maison et dit au maître :

« Si vous me le permettez, je vais m'asseoir et vous écouter.

— Faites selon votre désir. »

Lorsque le maître de la maison fut fatigué, Paksen lui proposa de lire à son tour. Paksen lisait bien, et sa voix était très agréable.

Le maître de la maison en fut charmé, car il aimait à entendre lire, et il proposa au jeune étudiant de rester chez lui quelques jours.

Paksen s'installa chez lui et y demeura, passant son temps à se promener et à lire. Non loin de là, habitait une jeune veuve. En passant devant la ferme de la jeune femme, Paksen la vit et s'éprit d'elle.

Il se promena fréquemment devant sa demeure jusqu'à ce qu'elle l'eût remarqué et qu'elle fût devenue amoureuse de lui.

Alors la jeune femme choisit pour se promener les moments où passait le jeune homme et, enfin, ils firent connaissance. Paksen dit son amour et apprit que son sentiment était partagé. Mais comme la veuve n'appartenait pas à la caste noble, il ne pouvait pas l'épouser.

Alors, ils résolurent de s'en aller et de se marier dans un autre pays.

Comme les parents de la jeune veuve ne l'auraient pas laissée partir, elle décida de s'enfuir en cachette.

Un jour elle dit à Paksen :

« Loue ou achète des mules et envoie-les moi, la nuit, quand tout le monde sera endormi. Je les chargerai de tout ce que j'ai de précieux et les enverrai chez toi, et tu viendras me rejoindre au matin avec les mules, devant les portes de la ville, à l'heure où on les ouvre. »

Paksen n'avait pas de mules et il chercha longtemps le moyen de s'en procurer. Enfin il résolut d'aller chez un de ses anciens camarades, dont il partageait auparavant la vie oisive.

Il lui exposa son histoire et son désir d'avoir des mules.

L'ami s'empressa de le satisfaire, mais, lui aussi, aimait la veuve, et il se garda bien de le dire à Paksen.

Or, le matin, comme Paksen, avec les mules et les objets précieux, attendait la veuve aux portes de la ville, son ami survint. Il lui dit que les parents de la jeune femme, instruits des intentions de leur fille, l'avaient enfermée chez elle, puis avaient informé la police qu'un certain Paksen les avait volé et se trouvait avec le butin dérobé aux portes de la ville.

« Il n'y a pas de salut pour toi, ajouta l'ami de Paksen. Fuis au plus vite avec tes mules et quand le danger sera passé, je t'amènerai moi-même la jeune femme. »

C'est ce que fit Paksen.

L'ami resta près des portes et quand la veuve arriva, il lui dit :

« Tu attends en vain. Paksen ne t'aimait pas, il n'en voulait qu'à tes biens. À cette heure il est en fuite. »

La veuve fut consternée : trompée par celui qui lui avait juré de l'aimer, dépouillée de tout ce qu'elle possédait, elle ne pouvait retourner dans sa famille.

Alors, l'ami perfide lui dit :

« Venge-toi : marions-nous et nous partirons tous deux loin d'ici. »

Comme la veuve n'avait pas d'autre parti à prendre, elle lui répondit :

« Soit ! mais je veux que là où nous irons, nous construisions une hôtellerie qui devienne célèbre dans tout le pays par son hospitalité et son bon marché.

— Je consens à obéir à cet étrange caprice, car je t'aime », répondit le faux ami.

Et ils firent comme il était convenu.

Cependant, Paksen attendait en vain sa fiancée. Il n'osait se rendre à Séoul de peur d'y être arrêté. Il vécut plusieurs jours dans l'anxiété et le désespoir. Enfin un passant lui apprit que son ami et la veuve s'étaient enfuis on ne savait où.

Alors, désespéré, il fit don des mules et des objets précieux à un monastère de bonzes, et résolut de s'enrichir par ses propres moyens.

Il s'en alla chercher de l'or et du ginseng. Il vécut comme le dernier des vagabonds et souvent les balles des brigands sifflèrent à ses oreilles. Il recherchait les endroits les plus sauvages et plus le lieu était désert, moins son cœur souffrait. Il atteignit ainsi le sommet de la montagne Tchen-oo-chana-Pektousan où se trouve le lac sacré des dragons.

C'était un horrible sacrilège que d'aborder cette région ; il ne douta pas, dans son épouvante, qu'il allait mourir.

La nuit tomba.

Alors, il adressa une ardente prière au ciel et dit au soleil couchant :

« Ô, grand soleil, de ton palais d'or, tu vois le monde entier, et moi, d'ici je ne vois rien, ni personne. Quand tu la verras, celle que j'aimais, dis-lui que je meurs ici à cause d'elle. »

Quand il se fut endormi, le vent caressa son visage et il pensa que c'était elle qui l'embrassait, comme elle l'avait fait jadis.

Au milieu de la nuit, quelqu'un lui ordonna d'ouvrir les yeux ; il obéit et ce qu'il vit, il ne l'oublia jamais.

La nouvelle lune brillait au ciel lointain. Mais il faisait sombre et le Scorpion étincelait toujours plus avant dans le bleu du ciel obscur[1]. Solitaire et morne, le Pektousan dressait son sommet étincelant vers le firmament. Et de ce sommet sortait une fumée diaphane à peine visible. Soudain, un dragon en surgit. Blanc et transparent comme une vapeur, il s'élevait dans le ciel pur jusqu'à la lune et tous ceux qui ne dormaient pas, purent l'apercevoir.

« N'aie pas peur de moi, s'écria le dragon, je sais que tu n'es pas venu ici de par ta propre volonté. Mais c'est par ta propre volonté que tu es tombé dans la misère. Tu souffres sans raison et je te récompenserai. Va-t-en droit au pays qui est au couchant, et après trois soleils, tu verras un lac et trois arbres. À cet endroit, creuse le sol, et tu découvriras autant d'or que tu en peux désirer. »

Ces paroles dites, le corps du dragon pâlit, pâlit et disparut complètement dans le ciel obscur.

Paksen se réveilla le matin et se rappela son rêve. Il remercia le ciel, le grand dragon, et s'en alla au pays d'occident.

Après trois soleils, il découvrit le lac et les trois arbres.

Alors il se mit à creuser, et vit une quantité d'or telle qu'on ne peut se la représenter qu'en imagination.

Il creusa longtemps, lorsque la soif le tourmentait, il allait se désaltérer au lac et quand il avait faim, il mangeait de la racine de je-chen. Il creuserait encore, si le dragon n'était venu le trouver une nuit, comme la première fois, au quatrième jour de la nouvelle lune, et ne lui avait dit :

« Malheureux homme, sais-tu depuis combien de temps tu fouilles le sol ? Depuis quinze ans et trois mois lunaires ! »

Paksen, très surpris, murmura :

« Je vais m'arrêter. »

Aussitôt tout l'or disparut, sauf la quantité extraite : elle représentait bien la charge de cent mules.

Paksen prit autant d'or qu'il en pouvait porter, et retourna sur ses pas. Devant lui, les arbres s'écartaient pour laisser le chemin libre. Les marais devenaient secs et des ponts s'édifiaient sur les rivières. Mais dès qu'il avait passé, il n'y avait plus derrière lui que des marais, des bois et des montagnes infranchissables.

Il atteignit une ville chinoise où il vendit tout son or, ce qu'il n'aurait pu faire en Corée, où il aurait été mis à mort, conformément à une loi du pays interdisant la recherche du précieux métal.

On lui remit tant d'argent en échange de ses lingots qu'il dut louer 70 bœufs pour traîner sa fortune.

Comme il se sentait vieilli et harassé de fatigue, il se fit transporter dans un palanquin à deux roues.

C'est ainsi qu'il arriva à la ville où la veuve et l'ami tenaient une hôtellerie.

Cette hôtellerie était célèbre dans le pays. Depuis qu'elle l'avait fait construire, la veuve nourrissait l'espoir d'y recevoir un jour ou l'autre Paksen.

Dès que celui-ci pénétra dans la cour, elle le reconnut. Mais lui, il ne la reconnut pas.

Le soir, lorsqu'elle lui eut servi à souper, elle prit un couteau qu'elle cacha dans les plis de sa jupe, et elle alla rejoindre Paksen pour l'interroger.

Mais elle apprit tout autre chose que ce qu'elle pensait.

Sans savoir à qui il parlait, Paksen la mit au courant de sa vie passée. Alors la veuve se mit à pleurer. Elle jeta son couteau, se nomma et instruisit Paksen de la perfidie de l'homme qu'elle avait épousé.

« Que faire ? dit Paksen. Nous n'avons trompé personne et nous nous aimons. Partons loin d'ici et finissons nos jours ensemble. »

Et c'est ce qu'ils firent. Ils quittèrent l'hôtellerie le même jour, laissant la maison à l'indigne ami.

---

1. Scorpion. — constellation zodiacale.

LE LANGAGE DES OISEAUX

Il y avait une fois un homme nommé Li-Tchi, qui comprenait le langage des oiseaux.

Un jour, se promenant, il vit un corbeau qui volait et lui criait :

« Kao, kao » (ce qui signifie : allons, allons).

Il suivit le corbeau et arriva à un endroit où il trouva de la viande.

Il en prit un morceau et en fit de la soupe.

Sur ces entrefaites, survint un homme qui l'accusa d'avoir égorgé sa vache.

Li eut beau protester, l'homme l'emmena en ville devant le juge.

Li expliqua l'affaire au magistrat.

« Si tu comprends le langage des oiseaux, lui dit le juge, dis-moi ce que crie le pigeon perché sur cet arbre là-bas ?

— Il roucoule qu'il s'est empêtré dans une toile d'araignée. »

On alla regarder. En effet, le pigeon avait les pattes empêtrées dans une toile d'araignée.

— Tu as certainement pu le voir d'ici », dit le juge.

Un corbeau lui criait : « Kao, kao ».

Le soir tombant, tous les oiseaux s'envolèrent, le juge, alors, donna l'ordre de mettre Li en prison jusqu'au matin.

Par la fenêtre de sa cellule, un oiselet tomba d'un nid d'hirondelle sur les genoux du prisonnier ; il nourrit la petite bête avec sa salive, et comme il ne pouvait la déposer dans son nid, il la plaça sur son sein.

Le lendemain, le juge fit comparaître le prévenu et lui demanda :

— Que raconte l'hirondelle qui tournoie au-dessus de ta tête ?

— Elle demande qu'on lui rende cet oisillon qui est tombé dans ma cellule. »

Li et le juge montèrent vers le nid de l'hirondelle et dès que l'oiselet eût été déposé près de ses frères, la mère arriva et elle remercia par un long gazouillis.

Le juge bien étonné, dit :

« Vraiment, un homme comme toi ne peut rien faire de mal. »

Et Li fut remis en liberté.

LES ORPHELINS

Un certain Tian-Oughi se maria et sa femme lui donna deux jumeaux : un garçon et une fille.

La mère mourut et Tian épousa une autre femme. Elle se montra marâtre pour les deux petits, et quand elle eut elle-même des enfants, elle forma le projet de chasser les orphelins.

Elle dit à son mari :

« Si tu ne consens pas à me débarrasser de ces enfants, je ne reste pas un jour de plus dans ta maison. »

Alors le père consentit à chasser les enfants de sa première femme.

Par une nuit noire, les deux malheureux quittèrent la maison ; se tenant par la main, ils marchèrent jusqu'à ce qu'ils fussent arrivés à une pauvre chaumière, au cœur de la forêt.

Deux femmes, l'une vieille, l'autre jeune vivaient dans cette masure.

« Qui êtes-vous ? » demandèrent-elles aux enfants.

Ils racontèrent leur histoire et la vieille leur donna à chacun une poire. Lorsqu'ils l'eurent mangée, les femmes leur remirent trois lanternes et dirent :

« Allez droit devant vous ; vous trouverez une cabane sur votre chemin. On vous en refusera l'entrée, mais vous donnerez une lanterne. Puis, vous verrez un pont transparent qu'on ne vous laissera pas traverser, alors vous donnerez la deuxième lanterne. Enfin, quand vous arriverez à un palais vieux comme le monde, vous donnerez la troisième lanterne. »

Par une nuit noire, les deux orphelins quittèrent la maison.

Tout arriva comme elles l'avaient annoncé. On refusa aux enfants l'entrée de la cabane, mais ils donnèrent une lanterne et on leur ouvrit. Il faisait sombre à l'intérieur et pendant neuf jours, ils suivirent un corridor obscur. Enfin, ils revinrent au jour et aperçurent un jardin et des fleurs tels qu'ils n'en avaient encore jamais vus.

Ils arrivent à un pont transparent suspendu au-dessus d'une rivière dont l'eau avait une couleur plus douce que celle du ciel.

Ils donnèrent la deuxième lanterne et purent traverser le pont.

Alors ils se trouvèrent en face d'un palais vieux comme le monde et ils donnèrent leur troisième lanterne, afin qu'on les laissât entrer. Dans la première pièce, ils virent une femme qu'on partageait en deux avec une scie. Cette femme était leur belle-mère. Dans la deuxième pièce, on faisait cuire un homme dans un chaudron ; c'était un assassin. Dans la troisième pièce, on rôtissait un misérable sur un bûcher et on l'arrosait avec des verres d'eau-de-vie brûlante. C'était un homme qui ne s'était jamais occupé du tombeau de ses ancêtres. Dans la quatrième, on coupait les lèvres à une méchante femme.

Et les enfants traversèrent un grand nombre de salles. Dans l'une d'elles un homme mangeait des hors-d'œuvre et de bonnes choses : c'était un juste.

Dans la pièce suivante, qui était vaste et claire, ils virent une femme au visage beau et souriant. C'était leur mère.

Et Okonchanté, Dieu du Ciel lui-même vint à eux.

« Voici votre grand-père, dit la mère aux deux enfants.

— Oui, répondit Okonchanté, en les caressant, je suis votre aïeul, votre mère est ma fille. C'est moi qui vous ai envoyé les poires et les trois lanternes, grâce auxquelles vous êtes parvenus au ciel, près de moi. Vous ne retournerez plus sur la terre, dorénavant vous vivrez toujours auprès de votre mère et vous jouerez dans ce jardin. »

Il ouvrit une porte et les enfants aperçurent un jardin comme il n'y en a point ici-bas.

Et ils oublièrent bientôt la terre.

LES DEUX PIERRES

Il y avait une fois deux pierres au bord de l'eau.
L'une d'elles qui se trouvait plus bas était toujours dans l'eau, l'autre, étant plus haute, émergeait sans cesse.

Celle qui était sous l'eau dit un jour :

« J'aimerais voir ce qui se passe sur la terre, ne fût-ce qu'une fois. »

Et celle qui était hors de l'eau dit :

« J'aimerais être recouverte par l'eau, ne fût-ce qu'une fois. »

Or, cette année-là, la sécheresse fut telle que la pierre inférieure put voir la terre.

Tout était sec et brûlé par le soleil ; les gens n'avaient point de blé, les bêtes mugissaient car elles manquaient de foin et la terre était jaune comme les rayons du soleil lui-même.

« On vit bien mal sur la terre, dit la pierre, encore un peu et toute ma belle surface se fendillera. Ah ! la vie que je menais auparavant était bien différente ! L'eau transparente s'écoulait devant moi ; la joyeuse sarabande des poissons tournoyait et se cachait sous moi quand passait une barque de pêcheur. Et puis, quel plaisir lorsqu'un morceau de galette de millet tombait dans l'eau ; quelle multitude de poissons venait alors me rendre visite ! »

Elle fut donc bien satisfaite quand l'eau la recouvrit de nouveau et qu'elle se plongea dans son royaume.

L'année suivante fut très pluvieuse et l'eau s'éleva si haut qu'elle recouvrait la pierre supérieure ; mais elle tourbillonnait bourbeuse et sale. La pierre eut beau écarquiller les yeux, elle ne vit rien, noyée qu'elle était dans un bain de fange. Elle criait :

« Quelle horreur ! Quelle ignominie ! »

Enfin, reparut le ciel pur et lumineux, et plus jamais elle ne souhaita se retrouver sous l'eau.

LA FEMME DE L'ESCLAVE

Un ministre avait une fille d'une beauté extraordinaire. On avait tant soin d'elle, on la surveillait si étroitement qu'elle ignorait ce qu'était le soleil, car elle ne sortait jamais de la maison. Pour elle, l'éclat de l'or remplaçait celui du soleil.

Néanmoins, quand le temps d'aimer fut venu, la jeune fille s'éprit de l'esclave de son père.

La loi punit de mort civile l'amour pour un esclave. Le coupable est considéré comme mort, on enterre son cercueil, on grave son nom sur la tombe, on pleure son trépas et on le chasse de la maison.

Quand le crime fut découvert, le ministre proposa à sa fille de quitter la maison. Mais comme elle s'y refusait, il envoya un de ses gardes chercher par tout le royaume le plus pauvre de tous les hommes. Le garde ramena un bûcheron qui habitait une grande forêt.

« Veux-tu prendre ma fille comme femme ? demanda le père.

— Je veux bien, » répondit le bûcheron.

Et il emmena la jeune fille chez lui dans la forêt.

Quand elle vit sa nouvelle habitation, l'épouse du bûcheron prit peur. C'était une hutte démolie, ouverte à la pluie et à tous les vents. Le garde-manger était vide ; on n'y aurait pas trouvé une poignée de millet.

« Qu'allons-nous manger ? » pensa-t-elle tout haut.

Sur le seuil, une vieille femme, la mère du bûcheron était assise.

« Nous allons porter du bois au marché, dit-elle, et nous achèterons du millet pour demain. Et demain, nous achèterons pour le jour suivant. Nous vivons comme vivent les gens de notre état. »

À ce moment-là, la femme du bûcheron remarqua la pierre jaune dont était fait le soubassement de leur maisonnette.

Si elle ne connaissait pas encore le soleil, en revanche, elle connaissait l'or.

« Prends une de ces pierres, dit-elle à son mari, porte-la en ville et vends-là pour le prix qu'on t'en donnera »

Le mari alla en ville et ramena plusieurs chars pleins d'argent.

Alors ils vendirent tout l'or qu'ils trouvèrent, et devinrent aussi riches que leur père.

« Sais-tu lire et écrire ? demanda ensuite la jeune femme à son mari.

— Non.

— Il faut apprendre. »

Elle lui chercha des maîtres et dix ans plus tard, il était aussi instruit que son beau-père.

Puis la jeune femme lui acheta une charge de ministre et le père fut le premier à venir les féliciter.

Le bûcheron emmena la jeune fille.

LE SERMENT

I

Jan-Sane, le ministre, avait un fils appelé Jan-Boghi qui, jusqu'à l'âge de treize ans, fit ses études à la maison ; il s'en alla ensuite dans un couvent pour achever ses études auprès des bonzes[1] et devenir à sa majorité, c'est-à-dire quand il aurait seize ans, un homme cultivé.

Comme il se rendait au couvent, il passa un soir devant une ferme appartenant à un noble du village nommé Khouan-Ché.

La fille de ce noble, une petite beauté de treize ans appelée Vonléï, apercevant le jeune homme, envoya une esclave lui demander son nom.

Lorsque l'esclave rapporta la réponse, la jeune fille dit :

« Demande-lui s'il ne veut pas se reposer un peu des fatigues du voyage ? »

Jan-boghi accepta la proposition et pénétra dans la maison. Tandis qu'il conversait avec le maître de la maison, Vonléï fit appeler son père et lui dit :

« Permets-moi de me rendre auprès de ce jeune homme, père.

— Mais ce n'est pas possible, tu es une jeune fille et de plus, tu es fiancée.

— Je me déguiserai en garçon, père. »

Vonléï était fille unique et très gâtée. Elle supplia son père avec tant d'insistance que celui-ci finit par céder.

La jeune fille, déguisée en garçon, se rendit auprès de l'hôte et ils se lièrent aussitôt d'amitié.

« Quand êtes-vous né ? demanda Vonléï au jeune homme.

— Je suis né il y a treize ans, à la troisième lune, au quinzième jour, à l'heure du dîner.

— Que c'est étrange ! dit la jeune fille, c'est aussi l'année, le jour et l'heure de ma naissance. »

Sur l'invitation du père, l'hôte passa la nuit dans la maison.

La fille fit encore une demande à son père ; c'était de lui permettre de se rendre avec le jeune homme chez les bonzes pour s'y instruire.

« Père, je m'habillerai en garçon et je te jure au nom de ma défunte mère, que jamais personne ne soupçonnera que je suis une fille. Lorsque j'aurai seize ans, je reviendrai et j'épouserai le mari que tu m'as choisi. Permets-moi d'employer les trois années de liberté qui me restent à acquérir de la science, car la science, c'est le bonheur. »

Longtemps le père résista, mais elle supplia avec tant d'ardeur, elle pleura si pitoyablement tout en affirmant qu'elle mourrait si on n'accédait pas à sa demande, que son père finit par céder.

Il lui fit jurer encore une fois qu'elle ne révélerait son sexe à personne.

« Sois tranquille, père, j'accomplirai mon devoir. »

— Que diriez-vous si je m'en allais avec vous m'instruire chez les bonzes ? » demanda Vonléï à son hôte, le lendemain.

San-boghi se montra très satisfait et assura que c'était le ciel lui-même qui lui envoyait un tel compagnon.

Après quoi ils se dirigèrent vers le couvent. Ce fut un voyage magnifique. Quand la nuit approchait, ils faisaient du feu pour éloigner les tigres et les panthères et ils conversaient gaîment. Puis ils se couchaient et dormaient sans se réveiller jusqu'au matin.

Un jour, Vonléï dit :

« Nous sommes camarades ; pourquoi ne pas nous tutoyer ? »

Et dès lors, ils se tutoyèrent.

« Nous sommes nés tous deux le même jour, à la même heure, dit la jeune fille à la halte suivante, nous devons fraterniser. »

Et ils fraternisèrent.

Pour cela, ils écrivirent leur nom sur le bord de leur robe avec leur propre sang, détachèrent les fragments couverts d'écriture et les échangèrent, puis ils les cachèrent dans leur sein.

Quand ils furent arrivés chez les bonzes, le grand devin Toïn se mit à leur apprendre toutes les sciences.

Jan-Boghi et Vonléï ne pouvaient vivre l'un sans l'autre et ne se quittaient jamais.

« Dis-moi, pourquoi dors-tu toujours vêtu de ta robe ? demanda une fois Jan-Boghi à la jeune fille.

— Quand j'étais petit, je tombai si gravement malade que je faillis mourir, répondit Vonléï ; alors mon père jura que si je me rétablissais, je dormirais tout habillé jusqu'à l'âge de 16 ans. »

Toutefois, le sage Toïn sut bien découvrir de quel sexe était Vonléï. Lorsque les deux camarades eurent quinze ans, il les envoya se baigner.

« N'as-tu rien remarqué, mon fils ? demanda Toïn à Jan-Boghi, quand les élèves furent revenus du bain.

— Je n'ai rien remarqué, maître. Pourtant, mon frère, qui se baignait plus haut dans la rivière, s'étant coupé au pied, j'ai vu du sang dans l'eau. »

Une année s'écoula, les deux camarades terminèrent leurs études ; ils avaient seize ans ; Toïn, ayant appelé Jan-Boghi, lui dit :

« Mon enfant, ton instruction est achevée et le moment est venu de te choisir une compagne, car la vie de celui qui n'a pas de descendance ne vaut rien, c'est comme s'il n'avait pas vécu. Par ta science, ton zèle et la pureté de ton âme, tu mérites la meilleure des femmes. Elle est plus près de toi que tu ne le penses. Je parle de ton camarade. Apprends que c'est une jeune fille et la meilleure des jeunes filles. »

Le soir, Jan-Boghi dit à Vonléï :

« Ce n'est pas en vain que mon cœur bondissait au-devant de toi, ce n'est pas en vain que je t'aimais avec passion. Maintenant que nos études sont achevées qui nous empêche de devenir mari et femme, si tu m'aimes ?

— Si je t'aime ? répondit Vonléï, je t'ai aimé dès que je t'ai vu. As-tu donc oublié que nous sommes frères ?

— C'est par tromperie que je suis devenu ton frère et je ne me reconnais lié par aucune obligation, dit Jan-Boghi. Et sortant l'amulette, il ajouta : reprends-la.

— Mais moi je suis encore liée, » répondit-elle.

Alors Jan-Boghi l'enlaça et lui dit :

« Ô Vonléï, pourquoi me mets-tu à la torture, alors que l'heure de notre bonheur est sonnée ? »

Et il se mit à supplier la jeune fille avec tant d'ardeur, qu'elle lui dit :

« Soit, mais il faut d'abord que je sois relevée de mon serment. Quand j'en serai affranchie, je reviendrai auprès de toi. »

Jan-Boghi s'endormit. Mais à son réveil, Vonléï avait disparu.

« Mon bien-aimé, lui écrivait-elle dans une lettre, qu'elle lui avait laissée, je t'aime et je t'appartiens. Je te resterai éternellement fidèle. Mais je ne serai à toi que dans l'éternité ».

Jan-Boghi ne comprit rien à cette lettre et se mit à la poursuite de Vonléï.

Il parvint jusqu'à la maison de la jeune fille sans la rejoindre.

Il fut reçu par le père de Vonléï, qui lui déclara que sa fille était fiancée depuis sept ans. Quoique le fiancé ne fût pas de race aussi illustre que Jan-Boghi, la parole était donnée et ni le ciel ni la terre n'y pouvaient rien changer.

« Puis-je au moins voir Vonléï ? demanda Jan-Boghi.

— Non, » répondit le père.

II

Jan-Boghi ne pouvait vivre sans Vonléï.

Son père et sa mère furent très heureux de son retour, mais leur joie se transforma en chagrin quand ils virent que leurs fils était malade.

Bientôt son état fut désespéré et il dit en mourant :

« Je meurs d'amour pour une jeune fille qui se nomme Khouan Vonléï. Elle est déjà fiancée et on ne peut empêcher son mariage. Quand je serai mort, enterrez-moi au bord de la route que le mari de Vonléï prendra avec sa femme. »

C'est ce qui fut fait.

Vonléï se maria avec l'homme que son père lui avait choisi sept ans auparavant.

Le père, usant de son droit, ne permit pas à Vonléï de vivre chez son mari. Il la garda chez lui pendant trois ans encore.

Et pendant trois ans, Vonléï ne fit que laver sa robe de noce qui devint aussi fine qu'une toile d'araignée.

Au bout de trois ans, le mari vint la chercher et l'emmena dans sa maison.

Comme ils passaient devant le tombeau de Jan-Boghi, un oiseau vert perché sur un arbre se mit à gazouiller une douce chanson, et la chanson fit monter un peu de rouge aux joues pâles de Vonléï, à ses joues pâles depuis trois ans.

Elle arrêta son cheval et dit à son mari :

« C'est le tombeau de mon frère (et pour le prouver, elle montra le fragment d'étoffe où le nom de Jan-Boghi était tracé en lettres de sang) permets-moi de prier pour lui selon nos lois. »

Le mari acquiesça au désir de sa femme.

En s'approchant du tombeau, Vonléï dit :

« Maintenant que j'ai accompli la volonté de mon père, ouvre-toi, tombeau, et laisse-moi aller vers celui que seul j'aime et aimerai éternellement. »

Le tombeau s'ouvrit, Vonléï y pénétra et le tombeau se referma.

Le mari essaya bien de la retenir par sa robe, mais la mince étoffe se déchira comme une toile d'araignée.

« Tu ne resteras quand même pas couchée à côté de lui, » dit le mari.

Il creusa la tombe, où il trouva des ossements qu'il dispersa, mais les os se rassemblèrent de nouveau ; il les sépara encore, mais tout à coup une voix menaçante descendit du ciel :

« Homme terrestre, je te le dis, moi, le grand Okonchanté, le sort des deux êtres qui sont couchés dans ce tombeau est réglé à jamais, ils ne sont plus que mes enfants. Je t'ordonne de ne plus troubler leur repos ! »

Le tombeau s'ouvrit, Vonléï y pénétra.

La tombe se referma et le mari rentra chez lui, après avoir informé les parents de Vonléï de ce qui s'était passé. Il épousa bientôt une autre jeune fille.

III

La fête des moissons arriva. On la célèbre chaque année au quinzième jour de la huitième lune. Comme ce jour-là on a coutume de commémorer les morts, les parents de Jan-Boghi et de Vonléï s'étaient réunis autour de la tombe de leurs enfants. Alors deux oiseaux, un rouge et un vert, survinrent qui gazouillèrent de douces chansons.

Lorsque la commémoration eut pris fin, deux belles Bienheureuses, vêtues de blanc, descendirent du ciel et chacune d'elles tenait à la main cinq fleurs, une blanche, une bleue, une rouge, une jaune et une noire. Les Bienheureuses touchèrent de leur sceptre le tombeau qui s'ouvrit. Elles y jetèrent les fleurs blanches et les squelettes se formèrent. Elles lancèrent les fleurs bleues et les veines apparurent. Elles répandirent les fleurs rouges et le sang circula. Elles lancèrent les noires, et les âmes de Jan-Boghi et de Vonléï pénétrèrent dans leurs corps ranimés. Rayonnants de béatitude, les deux ressuscités sortirent du tombeau.

Alors, les Bienheureuses clamèrent :

« Le grand Okonchanté, le Maître du ciel, les envoie une seconde fois sur terre, mais ce ne sont plus vos enfants, ce sont les siens, et il leur donne le bonheur que les hommes leur avaient ravi. »

Jan-Boghi et Vonléï vécurent très heureux et eurent une nombreuse postérité ; comme ils étaient déjà morts une fois, ils ne moururent pas une seconde ; quand ils atteignirent leurs quatre-vingts ans, un dragon descendit vers eux et, à la vue de tout le monde, il les emporta au ciel, vers leur père, le grand Okonchanté.

---

1. Bonze, prêtre bouddhiste.

Copyright © 2024 by Alicia ÉDITIONS
Version illustrée.
Crédits Images : Alicia Éditions, www.canva.com, JU-PÉON.
Tous droits réservés.
PAPERBACK : 9782384552399
E-BOOK : 9782384552405
HARDCOVER : 9782384552412

www.ingramcontent.com/pod-product-compliance
Lightning Source LLC
LaVergne TN
LVHW050029080526
838202LV00070B/6974